松山大学言語・情報研究センター叢書　第11巻

「女性」で読む英米小説

―― 風習喜劇からモダン・ゴシックまで ――

新井 英夫　森 有礼
細川 美苗　真野 剛　著

大阪教育図書

はじめに

本書は松山大学言語・情報研究センタープロジェクト（二〇一四年度から二〇一六年度まで）の研究成果の一部であり、「女性」を鍵概念として英語圏小説の批評を試みた論文集である。「女性」を主題として扱う文学研究は、既に多く出版されている。その意味では、本書もそう言った先達の轍を辿る一冊に過ぎないかも知れない。アメリカ人女性文学評論家のエレン・モアズが「文学は何世紀にもわたって女性が欠くべからざる貢献をしてきた唯一の知的分野である」と主張していることからも明らかなとおり、「女性」に関する問題について論じようとする人にとって、文学はかけがえのない論拠を提供してきた。また、一九六〇年代から再燃した第二派フェミニズム運動の成果により、二十世紀最後の二十数年間が英米文学におけるフェミニズム批評の実りの時期となり、さらに今世紀に入って広く女性学やジェンダー研究が活発になったことも、最近の「女性」を主題とする広範な文学研究の推進を後押しする結果に繋がった。

本書は四人の研究者による共著ではあるが、「女性」という視点で英米小説を論じるということのみを規定し、「女性」をどう捉えるか等の詳細な制約をあえて設けなかった。それは、フェミニズム批評やジェンダー研究の成熟と共に女性同士の間に見られる様々な差異が認識され、性差が文化的な構築物として理解されるに伴い、「女性」とは誰なのかというさらに大きな問題提起がなされている状況において、言語活動の過程で構築される存在としての「女性」を、各論者の視点から捉えてみようと考えたからである。論者それぞれの立場から自由に「女性」を論じることによって、作品に登場する女性もより奥行きのある存在になり、その隠された顔を現わすだろうという期待が本書には込められている。時代も国も異なる小説を「女性」という視点を通じて解釈しようとした本書が、読者に新鮮な関心を喚び起こすことができるなら、執筆者一同の喜びである。

本書は、新井英夫、森有礼、細川美苗の各論者による論文と、追補として真野剛の研究ノートを掲載している。

新井は、ジェイン・オースティンの『エマ』において、他の作品に登場するヒロインとは比べ物にならない特権的な境遇に置かれている主人公エマ・ウッドハウスが、地域の「女主人役」としての地位を維持するための起死回生の手段として、ナイトリー氏との結婚を選択したのではないかという立場に立ち、語り手がエマに「内的焦点化」したために読者には見え難くなってしまった作品の側面に光を当てた。

森は、アメリカ合衆国の南北戦争後に書かれたマーガレット・ミッチェルの『風と共に去りぬ』とウィリアム・フォークナーの『アブサロム・アブサロム!』を採り上げ、両者が共に旧南部の神話化と相対化とを並行して進めていること、及びその過程で南部の歴史的暗部である奴隷制との抜き差しならぬ関係が明らかになってくることを、登場人物のジェンダー的特性と絡めて論じた。

細川は、カナダディアン・ゴシックにおける主要作家、アリス・マンローの短編「砂利」を論じた。マンローの作品にしばしば採り上げられる現代女性を取り巻く問題について、母親の欲望とその社会的位置という観点から、ゴシック小説特有の不気味さと女性としての母親の欲望を関連づけて考察している。

真野は、『カリフォルニアの山脈』（*The Mountains of California* 1894）や『我等が国立公園』（*Our National Parks* 1901）などカリフォルニアの自然に関する記録を中心として、実体験を基に数々のノンフィクションの作品を世に送り出したジョン・ミューアを採り上げ、マスキュリンなイメージで語られることの多いミューアであるが、その思想の発展において、ジーン・カーという女性の存在が大きな影響を与えていたことを明らかにした。

各論文は基本的に本プロジェクトのために書き下ろされたものであり、その構想発表なども本共同研究会において繰り返し検討されたものであるが、部分的には各執筆者の過去の研究成果と連動しまたはそれらを参照したものもある。それらの詳細については、論文ごとに言及されている。

最後に本書成立の過程についてひと言述べておきたい。「おわりに」で共著者の一人である細川も触れているように、本書の出発点は「女性」を主題として、英米文学研究者である各論者が、自分の関心のあるテーマに沿って共同研究のために集うこととなった二〇一四年の春に遡る。細川、真野、新井の三名は松山大学の同僚であったため（ただし、二〇一五年度から真野は海上保安学校の所属となる。）、この三名を中心として松山大学総合研究所の言語・情報センタープロジェクトを立ち上げ、そこに中京大学所属の森を共同研究員として迎えて、この企画がスタートした。刊行に至るまで、足かけ四年の間、何度も共同研究会を開催した。それぞれが松山、名古屋、呉といった離れた地域に研究拠点を置いているという地理的問題を乗り越え、意見を交換してきた、その成果が本書である。

本書を出版するまでには、数えきれないほどの多くの方々のご支援を賜った。ことに共著者ではあるが、常に幅広い知見に基づき的確な助言をいただいた尊敬すべき先輩研究者の森有礼氏と細川美苗氏、筆が進まぬ中で互いに励まし合った友人研究者の真野剛氏、本プロジェクトを資金面で援助いただいた松山大学に、深く感謝する。

二〇一八（平成三〇）年二月吉日

新井　英夫

もくじ

索引

エマ・ウッドハウスの精神的孤独
――ハイベリーの女主人役を務め続けるために――

新井　英夫

一　序論

ブライアン・サウザム（Brian Southam）が「ジェイン・オースティンの小説中最も人気のある小説であり、おそらく英語による最も人気のある古典小説」（87）であると高く評価した『高慢と偏見』（*Pride and Prejudice* 1813）の女主人公エリザベス・ベネット（Elizabeth Bennet）について、作者ジェイン・オースティンは、一八一三年一月二九日付の姉カサンドラ（Cassandra Elizabeth Austen 1773-1845）に宛てた手紙の中で、「正直言って私も、彼女はこれまで活字になったどんな人物よりも魅力的だと思いますし、少なくとも彼女を気に入ってくれない読者は許せそうにありません」（137）と記し、エリザベスの性格造形に対して自信を見せている。ベネット夫人（Mrs. Bennet）とウィリアム・コリンズ（William Collins）というイギリス文学における二人の最高の喜劇的道化を備え、さらにキャサリン・ド・バーグ夫人（Lady Catherine De Bourgh）とエリザベスの衝突という傑出の喜劇的対決が描かれたことが大きい。ジョージ・ヘンリー・ルイス（George Henry Lewes）はオースティンを「散文のシェイクスピア」（115）と呼んだが、その卓越した劇的手法は読者を今なお魅了し続けている。その一方で、オースティンは作品が「明るくて、きらきらしすぎる」ために、読者が光の当たらない作品の側面を見逃し、作品の表面だけを眺めるだけに終わってしまうのではないかという懸念も同時に抱いていたようである。姉カサンドラに宛てた一八一三年二月四日付の手紙の中で、オースティンは次のように述べている。

> この作品はいささか軽くて、明るくて、きらきらしすぎているでしょう。陰影が必要ですし、ところどころ長い章を挿入して引き延ばすことも必要です。もし可能ならば深い洞察を、もし不可能なら、鹿爪らしくて尤もらしい戯言を含んだ章で、粗筋とは関係のないこと・・・何でもいいですから対照をなし、読者が本文のユーモラスで警句的な文体に戻ってほっとするような寄り道を設けるべきでした。（138）

オースティンが上梓した六つの小説は、いずれも「全知の語り手」（omniscient narrator）が語るという三人称叙述の形式が採られているが、このような反省に基づいてかオースティンは『エマ』（*Emma* 1816）において、登場人物が焦点人物（focalizer）となる内的焦点化（internal focalization）の手法を他の小説に比べて圧倒的に多く採用している。[1] このようにオースティンは『エマ』において、これまでの自らの創作態度を変化させ、女主人公エマ・ウッドハウス（Emma Woodhouse）の心理の機微をエマの視点から精密に描写することで、作品が「明るくて、きらきらしすぎる」ことで生まれる問題を払拭し、作品により深い洞察と重厚さを与えることに成功した。ただ皮肉にもこの執筆手法の変化によってオースティンは『高慢と偏見』を好む読者には『エマ』が機知の点で劣る」(191)と感じさせるのではないかという新たな疑念を持つことになり、甥のオースティン・リー(James Edward Austen-Leigh 1798-1874)にエマのことを「私の他には、誰からもあまり好かれそうにない女主人公」(119)と述べるに至っている。しかしながら、オースティン自身はエマが大のお気に入りだったようであるし、レジナルド・ファラー(Reginald Farrer)の指摘を引用するまでもなく「『エマ』はジェイン・オースティンの最高傑作」(102)であり、オースティンが三十八歳から三十九歳にかけて執筆した円熟期の最高傑作として、「オースティン・ブーム」の牽引役を果たし続ける人気小説のひとつであることは疑いようのない事実である。

この人気の理由を理解することは、それほど困難なことではない。『エマ』はお節介で自信過剰という欠点を持つ女主人公エマが、次々と誤解に陥り、その失敗によって自分の誤りに目覚め、最終的に自分がジョージ・ナイトリー(George Knightly)を愛しているということに気づき、彼との幸せな結婚を手に入れるというハッピー・エンディングに至る物語である。オースティンの語りに関する優れた論考の一つである『フィクションの修辞学』(*The Rhetoric of Fiction* 1983)のなかで、ウェイン・ブース(Wayne C. Booth)は、『エマ』が三人称叙述の形式を採りつつも、主にエマの目を通して眺めるという手法を採用しているため、読者とエマの情緒的な距離が接近し、エマが失敗を繰り返しても、彼女に対する読者の共感が決定的に損なわれることはなく、それでも不十分な場合には、「信頼できる語り手」（reliable narrator）や「含意された作者」（implied author）が注釈を述べて、読者を正しく導く役割を果たしていると指摘している。（243-66）このような語りの技法による影響だけでなく、アンドリュー・ギブソン（Andrew Gibson）が「エマには優れた分別が与えられている。ジェイン・オースティンは、エマが真実を自然に学び取る力を備えていることを理解させようとしている。エマが誤りを犯してしまうのは単なる一時的な強情さ故である」（77）と論じているように、エマの成長の可能性を読者に感じ取らせることができるように構成されていることが大きい。だからこそ読者は、本小説の最終場面に描かれたエマとナイトリー氏という「新婚夫婦の完璧に幸せな姿」（453）を見て、拍手喝采せざるを得ないのである。(2)

しかしながら、本当にエマにとって十六歳年上のナイトリー氏との結婚は幸せであり、『エマ』がハッピー・エンディングであると言い切ることができるだろうか。『ノーサンガー・アビー』（*Northanger Abbey* 1817）の冒頭において女主人公キャサリン・モーランド（Catherine Morland）は「キャサリン・モーランドを知っている人は、彼女が小説のヒロインになるように生まれついたなんて絶対に思わないだろう。彼女の境遇、両親の人柄、彼女自身の容姿と性格など、どこから見てもヒロインとしては完全に失格だった」（15）と紹介されているが、対照的に『エマ』の冒頭では、女主人公エマがヒロインとして完璧であるということが説明されている。

エマ・ウッドハウスは美人で、頭が良く、お金持ちで、温かい家庭と明るい気質に恵まれ、この世の幸せを一身に集めたような女性だった。もうすぐ二十一歳になるが、人生の悲しみや苦しみをほとんど知らずに生きてきた。(7)

エマはハートフィールド(Hertfield)の「女主人役」(7)を務めるだけでなく、「三万ポンドの相続人」(128)の立場を享受しており、ジェイン・オースティンの他のヒロインとは比べ物にならない特権的な境遇に置かれている。そのためエマはハリエット・スミス(Harriet Smith)に「女性を結婚へ駆り立てる理由がいくつかあるけど、私には結婚する理由がないの。・・・恋をするのは私の生き方ではないわ。私の性格に合わないし、これからも恋はしないと思う」(84)と述べ、自分は現在も将来も結婚するつもりはなく、結婚すれば必ず後悔することになるだろうと、女性にとって結婚が極めて重要な意味を持っていたこの時代において、特異な意見表明をしている。このように社会的地位、財産、知性、容姿などの全てを兼ね備え、周りの人々から尊敬を集め、「女主人役」として自らの力を振うことに生きがいを見出してきたエマが、果たしてナイトリー氏の妻として満足した結婚生活を送ることができるだろうか。グレンダ・A・ハドソン(Glenda A. Hudson)が指摘しているように、そもそもエマとナイトリー氏の関係は、恋人というよりもむしろ「兄妹のような」(50)関係に相当すると考えられ、エマの結婚はナイトリー氏に対する熱烈な恋愛感情から生まれたものではない。にもかかわらず、なぜエマはナイトリー氏との結婚を決断するに至ったのであろうか。

『エマ』の舞台となっている一八一三年から一八一四年頃のイギリスは、商工業者、軍人、牧師などを中心とする階層の勢力拡大により、これまでの伝統的な階級社会の序列が揺さぶられ、社会のピラミッド構造が徐々に崩れ始めてきた時期に相当する。ハイベリー（Highbury）の「女主人役」として力を振ってきたエマであるが、このようなイギリス社会全体の流動性によって、富による紳士の誕生が可能となった（Castronovo 14）ことにより、これまでのように女性として独身のまま権力を行使し続けることが困難な状況になっているのではないだろうか。本論文では、「女主人役」としての地位を維持するための起死回生の手段として、エマはナイトリー氏との結婚を選択したのではないかという立場に立って論じることで、語り手がエマに「内的焦点化」したために読者には見え難くなってしまった作品の側面に光を当ててみたいと思う。

二　女主人役としての失敗

本小説冒頭において、主人公エマ・ウッドハウスは語り手によって「頭が良くて、お金持ちで、明るい性格と温かい家庭に恵まれている」（7）少女として紹介されている。[(3)] しかしながら、実際には、彼女は五歳の時に母親を亡くすばかりでなく、十二歳のときにジョン・ナイトリー（John Knightly）と結婚した七歳年上の姉イザベラ（Isabella Knightly）と別れている。さらに長年ウッドハウス家に仕え、エマの友人としての役割も務めてきた女家庭教師（governess）のアナ・テイラー（Ana Taylor）もウェストン氏（Mr. Weston）と結婚し、ハートフィールドを出てしまっている。エマは父親のウッドハウス氏（Henry Woodhouse）とハートフィールドで二人きりの生活を送っているが、[4]心気症[5]を抱えるウッドハウス氏は我が身を労わることばかりに熱心で、エマの話し相手にすらならない。ハートフィールドを訪れる客は、ほぼ毎日顔を出すドンウェル・アビー（Donwell Abbey）の領主ジョージ・ナイトリーと、父親の話し相手として招かれるミス・ヘティ・ベイツ（Miss Hetty Bates）などの近所の中高年の婦人たち数名に限られている。姉イザベラは家族でロンドン（London）中心部から東に約四十マイルほど離れたテムズ川（the Thames）北岸にある海水浴場サウス・エンド（South End）に出かけているし、ジェイン・フェアファックス（Jane Fairfax）はドーセット州（Dorset）にある海水浴場ウェイマス（Weymouth）に滞在して交際を楽しんでいるが、その一方、「滅多に家を留守にすることがない」（39）「引きこもった生活をしている」（256）エマは、ハイベリーの村を出ることすらできない状況にある。[6]語り手はエマが「温かい家庭に恵まれている」（7）と指摘しているが、実は小説冒頭においてエマは「精神的孤独」（8）の状況に置かれており、「この変化にどのように堪えればいいのだろうか」（8）と、思い悩んでいるのである。

このような「精神的孤独」の状況を解消するべくエマは寄宿学校を経営するゴダード夫人（Mrs. Goddard）の紹介で、十七歳の私生児で特別寄宿生（parlour-boarder）のハリエット・スミスとの交際を開始する。ハリエットは従順な性格とエマ好みの美貌の持ち主であることからエマのお気に入りとなる。母親死後、ウッドハウス家の「女主人役」として何でも思い通りに行動し、アナ・テイラーとウェストン氏の縁結びを成功させたことを自負するエマは、再び縁結びを成功させるべく、自分が教え導いてハリエットを立派なレディに成長させ、紳士と結婚させようと意気込んでいる。

> あの愛くるしい青い瞳と、生れつきの上品さを、ハイベリーの下層階級の人たちとの付き合いで埋もれさせてはいけない。・・・私が彼女をしっかり見てあげて、完璧なレディにしてあげよう。あんな身分の低い人たちから引き離して、もっと立派な人たちに紹介してあげよう。彼女の意見や態度を、もっと立派なものにしてあげよう。興味深い仕事だ。間違いなく親切な仕事だ。私の地位と暇と力にうってつけの仕事だ。（24 強調加筆）

ハリエットとの交際以後、エマは「暇」を持て余すことも「精神的孤独」に思い悩むことも全くなくなっている。ジェイン・ナーディン（Jane Nardin）は、「ハリエット・スミスはエマに己の権力と賢明さを誇示する機会を与えた」（62）と指摘しているが、自分の思い通りに操ることができるハリエットとの付き合いは、エマにとって自分が何かの役に立っているということを実感することができ、「精神的孤独」からの解放の助けとしてその役割を果たす貴重な機会となっている。

自分の判断に自信を持っているエマは、ハリエットを自営農民（yeomanry）であるロバート・マーティン（Robert Martin）と引き離し、エルトン牧師（The Rev. Philip Elton）と結びつけようと画策する。それは「もう少しの教養と気品が加われば、完璧なレディになる」（24）ハリエットのような紳士の娘が、マーティンのような農夫と結婚することによって身を落とすことがあってはならないという意識から為されたものであり、表面的にはハリエットのことを思っての行為と思われる。ハリエットがマーティンからの求婚を断る決意をした直後、エマは「ハリエット、あなたと別れるのは死ぬほどつらいけど、あなたがマーティンさんと結婚したら、そうせざるを得なかったでしょうね」（52）と述べている。このエマの発言からも明らかな通り、彼女は保守的な階級意識を持っており、自分よりも階級が低い人たちと交際することなど考えもしない女性であることが分かる。つまり、エマにとってハリエットが「かけ離れた人種」（27）であるマーティンと結婚することは、ハリエットを喪失し、かつての「精神的孤独」の状況に逆戻りすることを意味しているのである。ハリエットが結婚してもいつまでも自分の近くに置き続けることができるようにしたいとの意識が働き、何よりも自分のためにハリエットとマーティンを引き離そうと画策したというのがエマの本音ではないだろうか。

その一方、エルトンは「牧師という社会的地位は申し分ないし、とても立派な紳士で、身分の低い親戚もいない」（34）ため、たとえハリエットがエルトンと結婚したとしても、エマとハリエットの交際は継続可能であり、エマを「精神的孤独」の状態に逆戻りさせることはない。そのためエマはハリエットにマーティンの代わりにエルトンとの縁結びをしようと画策するが、エルトンの行為や意図を何から何まで誤解し、自分が彼の恋愛対象になっていることに全く気づくことができない。エマはエルトンがハリエットの肖像画を入れる額を選ぶためにロンドンに行くのはハリエットのためであると考え、また「求婚」(courtship)という答えを持つ「謎解き詩」(charade)はハリエットを意図して書かれたものであると勘違いする。自分の力を過信して、全てを自分の都合のよいように解釈して客観的に物事を見ることができなくなっているエマは、クリスマスの夜にランドールズ(Randalls)で行われたパーティーの帰り道、馬車の中でエルトンから求婚され、初めて自分の誤解に気づくことになる。またエマはエルトンが「ハリエットの不幸な出生に反対できるほど立派な家柄ではない」(34)ことから、エルトンとハリエットは釣り合いがとれると判断し、積極的に二人の縁結びに尽力したにもかかわらず、エルトンに「人間には分相応というものがあります。でも、ぼくはそんなに困っていません。ミス・スミスに求婚するほど困っていません。自分と同等の身分の女性と結婚するのを、ぼくは諦めていません」(125)と激しく抗議される始末である。しかしこのような誤解は、彼女が自己中心性や自負心を抑え、他人の意見に耳を傾けることができていれば、未然に防ぐことができたものである。

マーティンの求婚をハリエットが断ったことにエマが関与していることを察知したジョージ・ナイトリーは、「きみはハリエットに夢中になって盲目になっている」(59)と警告を与えた上で、ハリエットとエルトンを結び付けようと企図しているエマに、エルトンがハリエットに興味を示すことは絶対に有り得ないことであると忠告している。

「友人として忠告しておくが、もしエルトンを結婚させようと思っているなら、それは無駄な努力に終わると思う。・・・エルトンは絶対無理だ。彼は立派な人物だし、ハイベリーの立派な牧師だが、軽率な結婚をするような男じゃない。高収入の価値を誰よりもよく知っている。エルトンは言うことは感傷的だが、行動は理性的だ。・・・彼の妹たちが親しくしている金持ちのお嬢さんのことを、彼が興奮して話しているのを聞いたことがある。そのお嬢さんたちは、みんな二万ポンドの財産があるそうだ」(64)

判断力に一目置く存在であるナイトリー氏に真っ向から反対されたエマは、動揺するものの、男女の恋愛感情を読み取る洞察力への過信から、自分の考えの正しさに固執し、ナイトリー氏の言葉に耳を塞いでしまう。エマはナイトリー氏によってもたらされる勘違いを修正する機会を自ら逸してしまうのである。

エルトンに関するナイトリー氏の話は、エマを少し動揺させた。だが彼女はこう考えた。ナイトリーさんは、私ほどエルトンさんをよく観察したわけではないし、私ほどエルトンさんに関心があるわけではない。それに、ナイトリーさんは自信を持ってあのようなことを言ったけれど、男女の問題についての観察能力は私の方が上だ。しかも、ナイトリーさんは怒りに駆られてあのようなことを言ったのだ。つまり、自分の知っていることを言ったのではなく、そうであって欲しいと思ったことを、腹立ちまぎれに口走っただけなのだ。(65)

さらにエマは義兄ジョン・ナイトリーによって、エルトンの好意はハリエットではなくエマに向けられているのだから、自分の振る舞いに気をつけた方がよいと忠告を受けたとき、次のように述べている。

「ありがとうございます。でも、あなたは誤解しています。エルトンさんと私は、仲の良いお友達ですけど、それ以上のことはありません」と言うと、彼女は中途半端に事情を知っていることからしばしば起こる大きな間違いや、自分の判断力を大いに自負する人が常に陥る誤解などについて考え、面白がりながら歩き続けた。それにしても、自分が盲目で無知な女であり、分別を欠いていると義兄から思われていると思うと、いい気持ちはしなかった。(107)

ジョン・ナイトリーの意見を「大きな間違い」として面白がるエマであるが、結果的にはこの言葉がブーメランとなって自分に戻り、自分で自分を嘲笑する言葉となってしまう。このようにエマはナイトリー兄弟からエルトンに対する態度に警告を受けていたにもかかわらず、「自分の判断力を大いに自負する」ために、「自分が盲目で無知な女であり、分別を欠いている」ことに気づくことができず、彼らの言葉に聞く耳を持つことができなかったのである。このようなエマの姿勢は、彼女の誤った固定的な階級的構図――マーティンとハリエットは釣り合わず、エルトンとハリエットは釣り合う――に起因する。

十七世紀半ばから凋落の一途をたどる貴族と裕福な商人の結婚は多く見られるようになり、十九世紀に入ると紳士階級の人々と牧師、軍人、法律家との結婚も増えている。(Mcmaster 125) したがって、エルトンの打算的側面を考慮するにしても、彼のエマに対する求婚は、エマが思うほど非常識なことではない。エマの失敗は、牧師が勢力を拡大している社会的現状を把握することができなかったことにある。

このように「女主人役」として縁結びに完全に失敗したエマは、「ハリエットにはひどい打撃だろう。・・・何から何まで苦痛と屈辱だらけだが、ハリエットの不幸に比べれば軽いものだ。自分の失敗のために自分が苦しむのなら構わない」(127) と、ハリエットに対して愛情と思いやりの感情を持つと同時に、「単純で何も知らぬようになろうと努力することは、この年齢ではできないが、これからの人生は慎重にし、想像力を抑えることを忘れずに生きていこう」(134) と、自分の馬鹿げた思い付きが引き起こした失敗に罪悪感を持ちながら沈思して、反省の態度を示している。しかしながらエマの反省は、不十分で継続することはなく、正確な現実認識に至ることもない。冷静さを取り戻したエマは、「大きな慰めがある。・・・ハリエットは感受性が鋭い方ではなく、こういう不幸をなかなか忘れられないというタイプではない」（130）と述べるなど、自分の過ちをハリエットの鈍感さという問題に摩り替えることによって、自分を正当化して、自分の心の平安を取り戻そうとする狡猾さがみられる。また、もう二度と他人の縁組などしないと決心した直後に、ハリエットを弁護士のウィリアム・コックス（William Coxe）と結び付けようと考えていることなどから、エマにとっての最大の関心は、ハリエットの気持ちに寄り添うことではなく、自分が「暇」を持て余して「精神的孤独」に思い悩む状況に戻らないようにすることにあるといえる。

三　父親としてのウッドハウス氏の責任

『高慢と偏見』において、教養ある女性には、楽器、歌、絵、ダンス、外国語を完璧に身につけることに加えて、歩く姿、声の調子、言葉遣い等に気品が求められるとキャロライン・ビングリー（Caroline Bingley）が指摘している。さらにフィッツウィリアム・ダーシー（Fitzwilliam Darcy）は、「一番大事なことは、本をたくさん読んで、精神を鍛えて、しっかりしたものを身につけることです」（39）と、当時の女性に必要とされる教養について見解を示している。しかしながらハイベリーの女主人を自認するエマは、ミス・ビングリーやダーシーが指摘しているような女性に求められる教養を完璧に身につけているわけではない。ナイトリー氏はエマが「勤勉と忍耐」を必要とすることが苦手であると指摘している。

「エマは十二歳のときから、たくさんの本を読むつもりだといつも言っていました。きちんと読破するつもりでいた書物について、様々な時に作成したたくさんの読書リストを、僕は見たことがあります。どれも実に立派な読書リストで、本の選択もしっかりしていました。・・・しかし僕はエマが堅実な読書を続けるのを期待することは止めました。エマは勤勉と忍耐を必要とすることは苦手なんです。それに理性によって空想を抑えることも苦手なんです」(36)

エマはナイトリー氏が指摘している通り、勤勉と忍耐を必要とすることを苦手とするために、充分な教養を身につけることができずにいる。エマはこの代償として、劣等感に苛まれることになる。エマはピアノの演奏と歌について「子供の頃に練習を怠けて」(215) いたために、コール家のディナー・パーティーにおいて「歌も演奏も、ミス・フェアファックスの方がはるかに上手だということを認めざるを得ない」(212) と、自分の能力がジェインよりはるかに劣っていることを痛感せざるを得ない。「美人で、頭が良く、お金持ちで、温かい家庭と明るい気質」(7) に恵まれ、ハイベリーの「女主人役」として思い通りにならないことなど何もなく、人生の悲しみや苦しみとは無縁の生活を送ってきたエマにとって、これは生まれて初めて味わう劣等感となる。ジェインのピアノの演奏が始まると、自然とピアノの周りを囲む人々から、エマは「離れたところ」（212）に座って耳を傾け、「女主人」としての座から静かに降りざるを得ない状況に陥っている。

『高慢と偏見』のウィリアム・コリンズは、ベネット家を初めて訪問した日の夜、ベネット姉妹に、スコットランド出身の長老派教会の聖職者であるジェイムズ・フォーダイズ（James Forcyce 1720-96）の『若い女性のための説教集』（*Sermons to Young Women* 1765）を選び、朗読している。（67）この本は、フォーダイズが自分の説教を基に著したものであり、宗教的且つ道徳的観点から、女性に対して女性的な領域や行動を守り、家庭の中で慎み深く控えめに振舞うことを説いた説教集である。この説教集は当時の人々には好意的に受け入れられ、一八〇〇年までに十二版を重ねるベストセラーとなるなど、ベネット家のみならず当時の若い女性たちの本棚を長い間占め、当時の女性の作法指南集として人気を誇った。ナイトリー氏は女性にとって結婚生活には、「自分の意志を抑え付け、命じられたようにすることが極めて重要」（37）であると妻としての適格性について述べているが、これは女性の活動領域を家庭内に限定すべきであるとしたフォーダイズの考え方と一致する。

上述のように、女性に求められる教養を身につけることを怠り、ナイトリー兄弟の忠告に聞く耳を持たず自分の空想を現実と混同して盲目的に行動するエマは、当時求められていた女性像とはかけ離れた存在といえる。確かにエマは三万ポンドの持参金を所有する恵まれた環境に存在していることは間違いないが、ウッドハウス氏は自身の土地を管理しているわけではなく、その持参金は投資等によって得られたものであると考えられる。したがってウッドハウス家は、限嗣相続制度 (entail)[7]のために娘たちに遺産を継がせることができない『高慢と偏見』のベネット氏 (Mr. Bennet) や、財産家の叔父の遺産を引き継ぐことも、後妻と嫁入り前の三人の娘の暮らしの保証もできずに亡くなった『分別と多感』(*Sense and Sensibility* 1811) のヘンリー・ダッシュウッド (Henry Dashwood) と同じ階級に属していると考えられる。(McMaster 119) このようにハイベリーにおいて、ウッドハウス家は決して特別な地位にあるわけではないため、その娘であるエマが当時の女性に求められた枠組みを逸脱することは大いに危険なことである。にもかかわらず、なぜこのような時代の規範を逸脱した女性に成長してしまったのであろうか。

ジェイン・オースティンの小説では、女主人公の両親が親としての責任を果たしていない場合が多い。メアリ・バーゲン (Mary Burgen) は『高慢と偏見』のベネット氏を代表とするオースティンの小説中に登場する父親たちは、娘たちの希望ある将来のために何も行動せず、社会的に無責任で、道徳的に空虚な人間として描かれ、父性が欠如している場合が多いと指摘している。(536-53) また、マジョリー・マコーミック (Majorie McCormick) は母親の存在又は不在がもたらす主人公への弊害について論じている。(47-75)『エマ』においても、両親が親としての責任を果たすことができず、エマが時代の規範を逸脱した女性に成長してしまったと言えるのではないだろうか。母親はエマが五歳のときに他界しているし、母親の代役となるべき姉イザベフは「頭の回転が遅くて」(36) エマを教育する能力がなく、また家庭教師のテイラーは、立派な教育を施す能力があるにもかかわらず、エマを甘やかして育てている。[8] さらに父親のウッドハウス氏も、先述の通り、心気症を抱え、我が身を労わることばかりに熱心で、父親としての役割を果たす能力がないばかりか、食事が終わると、他の男性たちと共に仕事に関する話題について議論を取り交わすことを苦痛に感じ、早々にその場を退いて婦人たちの輪に加わるなど、男性としての役割すら果たすことのできない無力な存在である。ウッドハウス氏は自分が病弱であると頑なに思い込んでいるため、「屋敷の植え込みより先へは散歩したことがない」(26) ほど滅多に外出することはない。このような彼の行動が子供の交際範囲を狭め、社会的経験によって知見を深め、自分を客観的に眺める機会を自分の子供から奪うという結果につながっているのだが、ウッドハウス氏はそのことに全く気付くことができない。

このようにエマは思春期を両親の不在という状況で過ごしてきたために、適切な教育を受けて教養を身につけることができず、自己愛、つまりハイベリーにおける優越的な地位を拠り所とした自負を増長させ、時代の規範を逸脱した女性に成長してしまったのではないだろうか。この点において、父親としてのウッドハウス氏の責任は大きいと言わざるを得ず、父親としての能力を欠いているという烙印を押されても致し方ない。

エマは確かに自負心の強い女性に成長しているが、その一方で、自分の父親を心から愛し、病弱な父親を第一に考え、「一日の一番楽しい時間を犠牲にして、父親の楽しみに費やす」（353）など、自己犠牲も厭わない心優しい娘としての一面も兼ね備えている。エマが家を滅多に留守にすることがないのは、父親の介護に専念するためである。ウッドハウス氏は心気症を患っているものの、父親という立場から、エマの献身的な優しさを勝ち得、これに支えられながら、自分の思い通りに日常生活を送っている。つまりウッドハウス氏は心気症という鎧を身に着けて、エマをハイベリーという狭い空間に閉じ込め、彼女に精神的負担を強要しているのである。エマがナイトリー氏に「機嫌をとるということがどのようなものか、あなたはご存知ないのよ」（138）と不満を述べていることからも明らかなように、まだ二十一歳という若さのエマにとって、このような抑圧された毎日は、肉体と精神を疲弊させるものである。エマが空想に耽って縁組に夢中になったり、ハイベリーの人々から崇められ「女主人」として主体的であったりする時間は、彼女にとって父親から解放される貴重な自由時間であり、「精神的孤独」から解放される安らぎの時間となっているのかもしれない。しかしながらこのような安らぎの時間は僅かであり、エマは一日の多くの時間を父親と共に過ごしている。そのためエマの精神的苦痛は徐々に蓄積され、とうとう心中に鬱積した憤懣を社会的弱者であるミス・ベイツに向けて爆発させてしまう。

ハートフィールドから七マイルほど離れたボックス・ヒル（Box Hill）にピクニックに出掛けた一行は、倦怠と憂鬱に襲われ、互いに表面的且つ儀礼的な繋がりのみで調和を保つ状況にある。このような状況は各々の不満や苛立ちが鬱積していたことに起因する。フランクとジェインは、前日ジェインがドンウェル・アビーから帰るときに口論し、仲違いをしている。またエルトン夫妻はエマとハリエットに敵対心を抱いている。さらにエマとフランクは仲のよさを皆に見せつけ、それを見たジェインが嫉妬し、ナイトリー氏がフランクへの不信感を募らせている。エマが「フランクへの恋心が蘇ることはない」（345）にもかかわらず、「恋の戯れ」（345）と思われるほどフランクに対して軽率且つ陽気に振舞ったのは、彼の「優しい心遣い」（345）が嬉しかったからに他ならない。「精神的孤独」を抱えるエマは、フランクの優しさに触れることによって、父親の介護に疲弊した心を癒すことができたのではないだろうか。

このようななかでフランクは非常に面白い話なら一つ、まあまあ面白い話なら二つ、退屈な話なら三つ話すことを皆に求める。この要求に対してミス・ベイツは、「『退屈な話なら三つ』ね。それならば私に任せてちょうだい」（347）と話を引き受けるが、エマは「あら、ベイツさん。それは難しいのではないかしら。失礼かもしれないけど、数が限られているのよ。一度に三つだけなのよ」（347）と言って、ミス・ベイツを侮辱する。確かにエマが言うように、彼女にはこの上もない善良さだけではなく、滑稽なものも混在していることは事実である。しかしエマとミス・ベイツとの境遇の違いを考えれば、ナイトリー氏の指摘を受けるまでもなく、エマは彼女に対して傲慢な態度をとるべきではなく思いやりのある対等な付き合いをすべきだったはずであり、現に彼女自身もそのことを理解し、これまで直接ミス・ベイツを嘲笑することはなかったのである。にもかかわらず、なぜボックス・ヒルにおけるピクニックで、エマはミス・ベイツに対して配慮に欠ける言葉を投げかけてしまったのであろうか。「エマは父親に対して抱いているが、認めることができない感情をミス・ベイツにぶつけている」(86) というバーナード・パリス (Bernard J. Paris) の指摘を首肯するならば、父親と離れ、僅かばかりの安らぎの時間をボックス・ヒルで過ごしているエマにとって、この場面におけるミス・ベイツの介入は、我慢を強要されるという点で父親との時間を思い出させるものであり、非常に憂鬱に感じられたのではないだろうか。だからこそ、エマは感情を抑えることができず、ミス・ベイツに対して配慮に欠ける言葉を思わず発してしまったのである。エマのミス・ベイツに対する侮蔑の言葉は、父親からの拘束から解放され、自由の身になりたいという悲痛な叫びであったのではないだろうか。このような状況にまでエマを精神的に追い詰めているウッドハウス氏は、父親として失格であり、その責任は非常に大きいと言わざるを得ない。

四　新興階級の台頭

『エマ』において先祖伝来の土地を世襲する所謂伝統的紳士階級 (gentry) に属している人物は、エマの父親であるウッドハウス氏のほかに、ジョージ・ナイトリーとチャーチル氏 (Mr. Churchill) の二名しか存在しない。ジョージ・ナイトリーはハイベリーに隣接する広大な地所ドンウェル・アビーを所有しているが独身である。その一方、チャーチル氏はチャーチル夫人 (Mrs. Churchill) と結婚しているが、ハイベリーから離れたヨークシャー (Yorkshire) のエンスクーム

（Enscombe）に土地を所有している。したがって、両者ともにエマのハイベリーにおける「女主人」としての立場を脅かす存在にはなり得ない。

当時、ロンドンで事業に成功して財を得た商人が一線を退いた後、ロンドン西部の郊外に土地を購入して隠遁生活を送る傾向が高まり（塩谷 212）、こうした新興階級の台頭が、所謂伝統的紳士階級を脅かすようになっていた。『エマ』においてこのような新興階級に該当する人物として、ウェストン氏、サックリング氏（Mr. Suckling）、コール氏（Mr. Cole）がいる。さらに軍人や牧師なども勢力を拡大し、強固に維持されていた階級社会の序列が、徐々に崩れ始めていた時代であった。

ウェストン氏はハイベリーの出身だが、数代前に財を築いて上流社会の仲間入りを果した所謂新興階級の家柄に生まれている。彼は義勇軍に入り、その後、結婚するものの、結婚して三年目に妻を亡くし、そればかりか資産も減らしてしまう。そこで彼は息子フランクをチャーチル家に養子に出し、兄弟たちがしていたような商売に従事し、それから二十年の間に財産を増やし、ついにランドールズの小さな土地を購入して、アナ・テイラーと再婚して現在に至っている。エマにとってウェストン氏の妻であるアナは「自分の意志を抑えつけ、命じられたようにする」（37）人物である。またサックリング氏は、セリーナ・ホーキンス（Selian Hawkins）と結婚しており、最新で大型のバルーシュ型ランドー馬車（barouche-landau）を所有するなどの贅沢な生活を送っているが、ハイベリーから離れたブリストル（Bristol）に近いメイプル・グローブ（Maple Grove）

という土地に暮らしている。したがって、両者ともにエマの「女主人」としての立場を脅かす存在にはなり得ない。その一方、コール家の台頭は、エマを「女主人」の座から引きずり降ろす可能性を秘めている。

コール家は数年前にハイベリーに移り住んだ「善良で、親切で、寛大で、見栄を張らない」(193-94) 人たちであったが、収入はそれほどではなく、静かに慎ましく暮らしていた。ところが、ロンドンの商社が大きな利益を生んだことによって財を得ると、家を建て増し、召使の数を増やし、交際範囲も広げ、ハートフィールドのウッドハウス家に次ぐ名士となるまで成長を遂げる。エマはコール夫妻を「とても立派な人たち」(194) と認めながらも、あくまでも成り上がりとしかみなさず、たとえディナー・パーティーに招待されてもそれを拒否し、身分の高い家族に訪問してもらうような交渉は、身分の低いものの側から持ち出すべきことではないという教訓を与えるつもりでいる。エマにとって、コール夫妻がウッドハウス父娘を招待する行為は「思い上がり」(194) であり、その招待状が届けられるという行為は「屈辱」(194) なのである。しかしながら、ウッドハウス家には当初招待状が届かなかったことから、エマはハイベリーの「女主人」としてコール夫妻に教育を施すことができないばかりか、ディナー・パーティーを断ることさえできず悔しがる。その上、エマにとって想定外なことだったのは、自分の親しい人たちの全てが招待——ナイトリー氏、ウェストン夫妻、フランクはディナー・パーティーの招待、ハリエットとベイツ母娘はディナーの後のお茶の招待——を受けて快諾していたことであった。最終的には、エマにもコール夫妻から招待状が届くが、当初抱いていた威勢はどこへやら、結局、「威厳ある孤立」(215)を保つことよりも、身を落とすことになるがコール家に出かけ、「歓迎されて丁重な扱いを受ける」(215)ことに喜びを見出す決断を下す。これはエマにとって苦渋の選択であったに違いない。ディナー・パーティーの招待を断れば、エマはハイベリーの「女主人」としての威厳を保つことができるかもしれないが、今後交際が父親だけに限られてしまう日々が増え、「精神的孤独」の状況に逆戻りしてしまう可能性がある。また反対にディナーの招待を受ければ、今度は目の前でコール夫人にハイベリーの「女主人」の座を譲り渡すことに繋がってしまう。エマはハイベリーの人々から崇められ「女主人」として主体的に過ごすことで、父親から解放される安らぎの時間を確保してきたが、その座をコール夫人に譲り渡してしまっては、彼女が村の人々と交際する名目を失い、再び父親の介護にのみ従事しなければならない肉体的にも精神的にも疲弊する日々を送ることになる。つまり、何れの選択をしても、エマが現状の生活を維持するとは難しく、「精神的孤独」の状況に逆戻りする可能性を秘めているのである。このようにコール家に代表される農本主義社会から資本主義社会への移行期における商人の勢いは、所謂伝統的紳士階級の人々も無視できないものになっている。さらにエルトン夫人(Mrs. Augusta Elton)の存在がエマの立場を脅かすことになる。

エルトン夫人は上流階級の人々と同じように、独身時代は毎年冬の間、バース(Bath)にしばらく滞在して社交を楽しんだり、一万ポンドという莫大な自由にできる資産を有したりするなどの豊かな生活を送っているが、実はブリストル（Bristol）の商人の次女に過ぎず、出自において何ら誇るべきところはない。[(9)]エルトン牧師と結婚してハイベリーに移り住んだエルトン夫人は、姉セリーナと義兄サックリング氏の裕福さを吹聴することで、ハイベリーの「女主人」になろうと自己喧伝に励み、エマへの対抗意識を露わにしている。このような「女主人」の立場を脅かすエルトン夫人の態度に対して、エマは初対面の時から嫌悪感を露わにしている。

エマは本当にエルトン夫人を好きになれなかった。あら捜しをするつもりはないが、彼女は上品さに欠ける、とエマは思った。——落ち着いてはいるが、上品さが全くない。——若い女性で、余所者で、新婚の花嫁にしては、あまりに落ち着きすぎている。彼女の容姿はむしろよかった。顔は醜くはないが、顔立ちも、雰囲気も、声も、態度も、上品さが全くない。（251）

その後、エマはエルトン夫人との交際を開始するが、交際によってこのような嫌悪感が排除されることは無く、逆により一層嫌悪感を強める結果となる。

エマはエルトン夫人に対する悪い評価を、その後の発見によって撤回するには及ばなかった。彼女の観察はかなり正確だった。二度目に会った時のエルトン夫人の悪い印象は、その後何度会っても変わらなかった。――うぬぼれが強く、出しゃばりで、馴れ馴れしく、無教養で、育ちが悪かった。多少は美人で、女性としての教養も少しは身に着けていたが、もともと頭が悪いので、自分は世間についての優れた知識を持っていると錯覚し、近隣の人々を活気づけ向上させるためにやってきたのだと勘違いしている。自分はホーキンズ嬢のときも社交界で輝かしい存在であったが、エルトン夫人となって、いっそうの貫録がついたと思っているのだ。（261 強調加筆）

このようにエマは初対面の時以上の嫌悪感をエルトン夫人に対して抱いているが、それは特にエルトン夫人の「育ちの悪さ」に起因したものであったようだ。つまり、コール夫人のときと同じように、エマは自分との階級の違いを強く意識し、エルトン夫人が商人の娘であるにもかかわらず、身分も弁えずにハイベリーの「女主人」として振る舞おうとしていることに嫌悪感を示しているのである。しかしながら階級の混乱が生じていた当時、牧師も新興階級として台頭しており、エマとエルトン夫人の階級の差は、エマが意識するほどのものではなくなっていたようである。このことを顕著に表す事件が、ウェストン夫妻が主催するクラウン亭（Crown）で行われた舞踏会で起こる。

エルトン夫人はクラウン亭で行われるウェストン夫妻主催の舞踏会が、「主に自分のお祝いのために開かれた」（304）のだと自負しているが、エマも同様に「自分のために開かれた」（305）

ものであると考えている。この両者の自負は、ウェストン夫人（Mrs. Weston）が舞踏の先頭に立って始める役をエルトン夫人に依頼するという決断を下し、それをエルトン夫人に依頼したことによって、エルトン夫人に軍配が上がる。これまでハイベリーにおける「女主人」として一番の地位を維持してきたエマにとって、舞踏の先頭に立って始める役をエルトン夫人に奪われたことは、「女主人」の座をエルトン夫人に譲り渡したことを意味し、エマにとって非常に屈辱的且つ悲しい出来事であったことは確かである。当時、階級の混乱が起こっていたとはいえ、ウェストン夫人はなぜ舞踏の先頭の座をエマではなくエルトン夫人に依頼したのであろうか。ヘイゼル・ジョーンズ（Hazel Jones）は既婚女性の特権について、次のような興味深い指摘をしている。

たとえどれほど人格や知性に問題があろうとも、未婚女性よりも既婚女性の方が上位に置かれていた。例えば、リディア・ウィッカムは、二人の姉の知性や成熟度が自分よりも大いに優れたものであるにもかかわらず、自分の方が高い地位にあると当然のごとく思っている。同様に、エルトン夫人はハイベリーの食堂や客間にエマよりも先に入室することを当然と思っているのである。（180-81）

つまり、ウェストン夫人の決断は、既婚女性を上位に置くという当時の社交の儀礼に基づいたものだったといえる。これまでエマは、現在も将来も結婚するつもりはなく、結婚すれば必ず後悔することになると言って憚らなかったが、エルトン夫人に舞踏の先頭の座を奪われたことは、エマにとって「結婚のことを考えるのに十分」(305)なものとなるほどの衝撃だったようである。コール夫人やエルトン夫人などの新興階級の台頭によって、エマは未婚のまま「女主人」としての座を維持することが困難なことに気づかざるを得ない。これまで論じてきたように、エマにとってハイベリーの「女主人」を務めることには、「精神的孤独」からの解放や、父親の介護に疲弊した心を癒すケアの役割を果たす意味が包含されていた。エマはハリエットに「私には結婚する理由がない」(84)と述べていたが、この時点においてエマには結婚しなければならない理由ができたと言えるのではないだろうか。

五　ナイトリー氏との結婚

新興階級の台頭によって、結婚するという道を選択する以外にハイベリーの「女主人」の座を維持することができなくなったエマが結婚相手として選んだのは、ナイトリー氏であった。そもそも本小説冒頭で語り手が説明している通り、ウッドハウス家は、ハイベリー一番の家柄で、エマと釣り合う男性は一人も存在しない。したがってエマの限られた交際範囲を考慮すれば、ハイベリーに隣接するドンウェル・アビーに広大な屋敷を持ち、家柄という点でもウッドハウス家に勝るとも劣らぬナイトリー氏が、生まれた時からエマの有力な花婿候補であったことは、誰の目から見ても明らかである。エマがナイトリー氏を一人の男性として意識することがなかったのは、十六歳というその年齢差のみならず、彼女自身が結婚する必然性に全く駆られていなかったためである。結婚を意識するようになったエマは、ナイトリー氏を自分の花婿候補として認識することになるが、最終的にその背中を押すことになったのは、ハリエットであった。

ハリエットは自分が思いを寄せている男性がナイトリー氏であることをエマに告白するが、エマはハリエットがジプシーに襲われたところをフランクに助けてもらったという一件があったことから、ハリエットが密かに心を寄せている男性はフランクであると勝手に思い込んでいた。そのためエマはハリエットの告白に驚きと動揺を隠すことができない。ハリエットはエマの「でもハリエット、これよりもっと驚くべきことも起こっていますし、もっと釣り合いの取れない結婚だってあったのよ」(321)という言葉を励みにして、ナイトリー氏を本気で愛するようになり、ナイトリー氏も自分の愛に応えてくれているのだと確信し、その旨をエマに打ち明けている。すでに階級の混乱によって伝統的階級秩序が崩壊しつつあることを認識しているエマは、自分でハリエットとフランクの結婚が夢ではないと主張したことが、ハリエットとナイトリー氏の結婚もあり得ることを意味すると気づいている。エマがハイベリーの「女主人」として、ハリエットを教え導いて立派なレディに成長させ、紳士と結婚させようとした行動は、自らが何かの役に立っているということを実感することで「精神的孤独」の状況から解放されたいという自らの欲求に基づくものであった。しかしその結果、「ハリエットは謙虚な女性から虚栄心の強い女性」(388)へと変貌を遂げ、ナイトリー氏と結婚することによってハイベリーの「女主人」の地位をエマから奪い、再びエマを「精神的孤独」の状況に陥れる存在になってしまう。つまり、エマが自分のためになると思って行動したことが、逆に自分の首を絞める結果に繋がってしまったのである。エマはナイトリー氏が自分以外の誰とも結婚してはならないと考えると同時に、ハリエットに対する自分の振る舞いを激しく後悔する。

ハリエットがナイトリー氏を愛することが、なぜフランク・チャーチルを愛することよりもはるかに悪いことなのだろうか。ハリエットがナイトリー氏から愛情の応答を受けたと希望を持つことで、どうして恐ろしく害悪が大きくなるのだろうか。ナイトリー氏は私の他の誰とも結婚してはならないという考えが、矢のような速さで、彼女の心の中をかすめていった。・・・私はハリエットに対して、何という誤りに満ちた振る舞いをしてきたのだろうか。自分の行為は何という思いやりのない、たしなみのない、道理をわきまえぬ、無情なものであったのだろう。何という盲目と狂気に導かれていたのだろう。エマは恐ろしい力に打ちのめされ、この世のありとあらゆる悪名を自分の行為につけたかった。(382)

エマは「ナイトリー氏は私の他の誰とも結婚してはならない」と述べているが、この言葉は、エマが自分さえもこれまで気づくことのなかったナイトリー氏への愛に気づいた瞬間に思わず発せられた言葉を意味しているわけではない。エマが親しく交際を続けてきた人々は、今や皆彼女の周りから遠のきつつある。かつてエマの家庭教師を務めていたウェストン夫人は妊娠しており、子供が生まれたら「心も時間も子供に占有され、自分のことは二の次になるだろう」(395)とエマは考えている。また、フランクもジェインともうすぐ結婚し、ハイベリーから遠く離れたヨークシャー州のエンスクームかその近くに住むことになり、ハイベリーの住人ではなくなってしまう。その上、ナイトリー氏がハリエットと結婚することになれば、エマは親しい仲間の全てを失うことになり、父親と二人きりの完全に閉鎖された空間の中で、「精神的孤独」という辛酸を嘗め続けながら、一生を送らざるを得なくなる。

今私の前にある暗い見通しは、完全に追い払うことができず——部分的にすら明るくなるとは思えないものだった。私の周りで起こるおそれのあることが全部現実に起きたら、ハートフィールドは見捨てられたように寂しくなるにちがいない。自分は一人残って、幸福の破れた後の気力だけで、父親を励ましながら生きていかなければならない。(395)

「ナイトリー氏は私の他の誰とも結婚してはならない」という想いは、エマのナイトリー氏に対する愛ではなく、これから何の気晴らしもなく、父親と二人だけでハートフィールドで過ごし、たった一人で父親の介護を背負わなければならないという悲痛の叫びを意味している。しかしながら実際には、ナイトリー氏と結婚できるかもしれないというハリエットの望みは、ハリエットの思い違いであり、完全な妄想だったことが明らかになる。エマがハリエットからナイトリー氏への想いを告白された翌日、嵐の中ロンドンからハートフィールドに戻ったナイトリー氏は、ハリエットではなくエマに求婚する。(10)

「ぼくの最愛のエマ」とナイトリー氏は言った。「この一時間の対話の結果がどうなろうと、きみがぼくの最愛の人であることはいつまでも変わりません。愛しい、最愛のエマ――すぐに教えて下さい。『否』と言わなければならないなら、そう言って下さい。・・・きみにぼくの気持ちを分かって欲しい――そしてできれば、ぼくの気持ちに応えて欲しい――今のぼくはきみの言葉を聞きたいだけ、きみの声をただ一度聞きたいだけなのです」(402-03)

エマはナイトリー氏の求婚を受け入れているが、ナイトリー氏に対するエマの愛が溢れんばかりの様を表す返事の言葉は、残念ながら小説中のどこにも描かれていない。エマのナイトリー氏に対する返事は、語り手によって「勿論、当然言うべきことを言った。淑女はいつもそうするものだ。彼女は彼が絶望しないだけのことは十分に言い――さらに彼に、もっとよく自分を語るように勧めた」(404)と間接的に伝えられるのみである。エマがナイトリー氏を伴侶とすることができるという喜びは、ナイトリー氏に対する愛から生まれたものではなく、一人で父親の介護をする必要がなくなり、「精神的孤独」に陥る心配から解放されたという点にあるのではないだろうか。

将来の不安と寂しさを想像して心細い気持ちになっていたときに、自分にこのような伴侶ができるなんて――時の流れと共に憂鬱なことが増してくるに違いないあらゆる義務や介護を分担する、この上ない相手が与えられるのだ。（420）

ナイトリー氏は今後自分のことを「ジョージ」と呼ぶようにエマに求めているが、エマはこれからも「ナイトリーさん」と呼び続けると宣言している。このようにエマはナイトリー氏を性愛の対象というよりも、自分と父親の介護を分かち合うパートナーとして、さらにハイベリーの「女主人」としての地位を確固たるものとする後見人としてナイトリー氏を位置づけ、彼との結婚を決断するに至っている。

六　結論

これまで論じてきたように、エマにとってハイベリーの「女主人」であり続けることは、自分が何かの役に立っているということを実感することができ、「精神的孤独」からの解放という重要な意味を持つばかりでなく、父親の介護に疲弊した心を癒すことができるケアの役割も果たしてきた。しかしながら、ハイベリーにおける新興階級の台頭によって、エマは「女主人」としての地位を新興階級の婦人たちに譲り渡さざるを得ない窮地に追い詰められている。これまでエマは、女性にとって結婚が極めて重要な意味を持っていた時代であったにもかかわらず、「私には結婚する理由がない」（84）という見解を示してきたが、もはやエマにとって「女主人」としての地位を維持する術は、先祖伝来の土地を世襲する所謂伝統的紳士階級に属する男性の妻になるという選択肢しか残されていなかったのである。つまり、エマにとってナイトリー氏との結婚は、「女主人役」としての地位を維持するための起死回生の手段だったと結論付けることが出来るのではないだろうか。

ナイトリー氏は、ウッドハウス氏に代わってエマの誤った行動に対して忠告し、正しい方向に導こうとする父親的役割を果たす存在であると同時に、女性にとって結婚生活には、「自分の意志を抑え付け、命じられたようにすることが極めて重要」（37）であり、女性の活動領域を家庭内に限定すべきだとする父権的考えの持ち主でもある。婚約後、ナイトリー氏は自分がエマに対して行った忠告がエマにとって「役にも立ったし害にもなった」(432)だろうと述べているように、ナイトリー氏の忠告は必ずしも耳あたりの良いものではなく、二十一歳のエマにとって精神的重荷となっていたはずである。ナイトリー氏の忠告がエマに「状況に応じた適切な感情を抱く自由さえ与えなかった」（53）のではないかというダシンガー（John A. Dussinger）の指摘を首肯するならば、ナイトリー氏との結婚は、エマにとって必ずしも順風満帆なものではないだろう。ナイトリー氏の結婚は、エマに新たな精神的負担をエマに課すことになるのだから、それがエマにとって幸福であるかは疑わしい。しかしながら、ナイトリー氏はエマの「欠点を何もかも含めて溺愛」（432）し、彼女の「たくさんの欠点を考えてみることによって愛し続けてきた」（432）と述べていることから鑑みれば、これからもエマの欠点に対して忠告をし続けるだろうが、結局はその欠点を許容し、エマを愛し続ける道を歩むのではないだろうか。そもそもエマはナイトリー氏の忠告に従い、自らの行動を改めるような性格の持ち主ではない。例えば、ボックス・ヒルにおけるピクニックで、ミス・ベイツに対して配慮に欠ける言葉を投げかけたとき、エマはナイトリー氏に厳しく叱責されている。

「エマ、前にもよく話したことだが、もう一度言わせてもらう。それは許してもらうというよりは、我慢してもらうという特権だろうが、私はやはりその特権を行使しなくてはならない。きみの誤った行いを見ると、ぼくは忠告せずにはいられない。どうしてきみはベイツさんにあんなに思いやりが無いのかね。彼女のような性格、年齢、境遇の女に対して、どうしてあんなに傲慢に、きみの機知をふるうのかね。――エマ、きみがあんなことを言うなんて信じられないよ」（351）

エマは涙を流して反省し、心の底から罪を悔い、ミス・ベイツに謝罪すべくベイツ家を訪問する。このようなエマの行動から、表面的にはナイトリー氏の忠告がエマに大きな影響を与えるものであるかのように感じられる。しかしながら、実際には、ベイツ家を訪問したエマは、ミス・ベイツからジェインが家庭教師になるという話を聞くと、そちらに関心と話題を移してしまい、完全にミス・ベイツに謝罪することを忘れ、訪問を終えてしまうのである。つまり、エマにとってナイトリー氏の忠告は、確かに耳あたりの良いものではないかもしれないが、ダシンガーが指摘するような力は備えておらず、エマにとって精神的重荷になり続けるほどの力は有していないのである。このことからも明らかな通り、エマはナイトリー氏と結婚したとしても、彼の庇護の下に入り、彼の判断力を全面的に受け入れるというような家父長制度の枠組みの中で生きる妻とはならないであろうと考えられる。エマは父親の介護を分かち合うパートナーとして、さらにハイベリーの「女主人」としての地位を確固たるものとする後見人として、ナイトリー氏との結婚を決断している。エマは彼と結婚して「ナイトリー夫人」(Mrs. Knightly)となることによって、コミュニティの中心に位置する「女主人」としての地位に復活し、社会的幸福を手にするのである。

作者ジェイン・オースティンは、姪アナ・ルフロイ(Jane Anna Elizabeth Lefroy1793-1872)と甥オースティン＝リーの求めに応じて、ウッドハウス氏はエマとナイトリー氏が結婚した二年後に他界し、その後、エマはナイトリー氏とドンウェル・アビーに移り住んだという『エマ』の後日談を語ったそうである。(オースティン＝リー 119)[(11)] 勿論、これは小説の枠組みを超えた姪と甥に語った後日談にすぎず、執筆当時作者がこれを意識して執筆していたかどうかの確証はないが、このような後日談が本当に用意されていたとすれば、エマにとっては最愛の父の死という辛い出来事ではあるが、長いこと背負ってきた父の介護という肉体的にも精神的にも疲弊する日々から解放されることになる。「女主人」としての社会的幸福を手に入れ、長年精神的負担を強いられてきた父親からも解放されたエマは、もう二度と「精神的孤独」という病に苦悩することはないだろう。

註

(1) 廣野由美子氏は、ジェラール・ジュネット（Gérard Genette）、ミーケ・バル（Mieke Bal）、シュロマイス・リモン・キーナン（Shlomith Rimmon-Kenan）等の物語論者たちの方法論を援用し、「見ること」を「焦点化」（focalization）という概念でとらえ、焦点化の主体を「焦点人物」とした。また、作中人物が焦点人物となる現象を「内的焦点化」と呼び、物語世界が外側から眺められる現象を「外的焦点化」（external focalization）と呼んでいる。さらに『エマ』では、主として女主人公が焦点人物の役割を担いつつも、時としてそれが他の登場人物に移行する場合があるため、「不定内的焦点化」（variable internal focalization）の方法がとられていると指摘している。（79-80）

(2) エマに厳しい評価を与える批評家も少数ではあるが存在する。バーナード・パリスはエマがナルシスティクな完璧主義者にすぎないと糾弾している。（64-95）また、マーヴィン・マドリック（Marvin Mudrick）は他人を操りながら自分は決して現実とかかわろうとしない表面的な偽りの世界に生き

る人物であるとエマを批判している。（181-206）

(3) デイヴィッド・ロッジ（David Lodge）は、エマの特徴が“pretty”や“beautiful”という伝統的な語で表される代わりに、“handsome”という両性具有的な言葉で表わされていることに着目し、エマに「男性的な権力への意志」が暗示されていると指摘している。（5）

(4) ハートフィールドには、御者のジェイムズ（James）を含めた複数の使用人たちも一緒に暮らしているが、彼らは小説中殆どその姿を見せることがない。また、使用人たちはアナ・テイラーのようにウッドハウス家と情緒的交流を結んでいるわけでもないことから、実質的には、エマは小説冒頭において、ハートフィールドで父親と二人きりの生活を送っているといえる。

(5) 「心気症」とは、適切な医学的検査で根拠が見出されない身体の異常にこだわり、重い病気に冒されていると思い込み、それを他者に訴える症状を意味する。心気症には恐怖・不安症状が伴い、身体の異常をひどく気にする有り様や、問題の病気を恐れる有り様に認められる。それらの症状が際立っていて、心気症の方がむしろ不安障害に合併した副次的症状と見なされる場合もある。（高橋 188-92）

(6) 本小説中エマがハイベリーを離れるのは、ドンウェル・アビーに苺狩りに行くときと、その次の日にボックス・ヒルに出かける二回のみである。ドンウェル・アビーはハイベリーと隣接した土地であるし、ボックス・ヒルはハイベリーから七マイルしか離れていない。

(7) 限嗣相続とは、ある地所を相続する予定の人間が、それを売ったり抵当に入れたりしないで、そこから上がる収入だけを自分のものとするように、土地に条件を付けることを意味する法律用語である。長子相続（primogeniture）とともに、この限嗣相続は、イギリス貴族がその広大な地所を何世紀にもわたって完全な形で子孫に伝えていくことを可能にした法的基盤である。(Pool 304)

(8) 鮎澤は「ウェストンはエマの教育という経験を通して、自分の能力をエマの教育に出し切ることはあえてせず、エマを甘やかせて、その代償を得た、つまり、身分の上の相手の信頼と愛を勝ち得るテクニックを身につけていた」(196) と、アナ・テイラーの計算高さと、玉の輿に乗るべくして乗ったその深謀遠慮を指摘している。

(9) ジョン・サザーランド（John Sutherland）は、エルトン夫人の出身地であるブリストルは、当時大国際都市であり、アフリカの奴隷貿易のイギリス側の中心地であったことから、ホーキンズ家の財産は奴隷貿易によって蓄財されたものであると推測し、また彼女の旧姓であるホーキンズは、作者オースティンが奴隷貿易商人として知られていたサー・ジョン・ホーキンズ（Sir John Hawkins 1532-95）を読者に連想させるために設定したものではないかという興味深い論を展開している。(39-40)

(10) ハリエットから告白を受けた前日の荒天に比べ、ナイトリー氏がエマに求婚した日の天候は、「雨が上がり、風が弱まり、雲が消え去り、太陽が顔を出し、また夏が戻ってきた」(397) とされている。天候がエマの心情を象徴する鏡となっている場面として、非常に興味深い。

(11) オースティン＝リーは、この他にもオースティンが、『エマ』第三巻第五章（第四十一章）において、フランクがジェインに指し示したが、ジェインが見もせずに払いのけたカードには、「ごめんなさ

い」と書かれていたという後日談を語ったことを明らかにしている。（119）

引用文献

Austen, Jane. *Jane Austen Selected Letters*. Oxford: Oxford UP, 2004.
——. *Emma*, London: Penguin, 2003.
——. *Northanger Abbey*, London: Penguin, 2003.
——. *Pride and Prejudice*. London: Penguin, 2003.
——. *Sense and Sensibility*. London: Penguin, 2003.
Austen-Leigh, James Edward. *A Memoir of Jane Austen and Other Family Recollections*. Oxford: Oxford UP, 2002.
鮎澤乗光「イギリス小説再読——ジェイン・オースティンの『エマ』を読み直す」『英文学論考』39 (2013): 191-99.
Burgen, Mary A. “Mr. Bennet and the Fatherhood in Jane Austen Novel's”. *Journal of English and German Philology*. 74 (1975): 536-53.
Booth, Wayne C. *The Rhetoric of Fiction*. Chicago & London: Chicago UP, 1983.
Castronovo, David. *The English Gentleman: Images and Ideals in Literature and Society*. New York: Ungar, 1987.
Dussinger, John A. *In the Pride of the Moment: Encounters in Jane Austen's World*. Columbus: The Ohio State UP, 1990.

Farrer, Reginald. *Discussions of Jane Austen*. Boston: D.C. Heath, 1961.

Fordyce, James. *Sermons to Young Women*. London, 1775.

Gibson, Andrew. "'Imaginism' and Objectivity in *Emma*". *Longman Literature Guides Critical Essays on Emma*. Harlow: Longman, 1988.

廣野由美子「誤解の構造――『エマ』に関する物語論的考察――」『英文学評論』76 (2004): 77-112.

Hudson, Glenda. *Sibling Love and Incest in Jane Austen's Fiction*. Basingstoke, New York: Macmillan, 1999.

Jones, Hazel. *Jane Austen and Marriage*. New York: Continuum, 2009.

Lewes, George Henry. *The Leader* (22 November 1851).

Lodge, David. *The Art of Fiction*. Harmondsworth: Penguin, 1992.

McCormick, Majorie. "Occasionally Nervous and Invariably Silly: Mothers in Jane Austen". *Mothers in the English Novel: From Stereotype to Archetype*. New York: Garland, 1991. 47-75.

McMaster, Juliet. "Class". *The Cambridge Companion to Jane Austen*. Cambridge: Cambridge UP, 2011.

Mudrick, Marvin. "Irony As Form: *Emma*". *Jane Austen: Irony as Defense and Discovery*. Princeton, NJ: Princeton UP, 1974.

Nardin, Jane. "Charity in *Emma*". *Studies in the Nove*l. 7 (1975): 61-72.

Paris, Bernard J. *Character and Conflict in Jane Austen's Novels: A Psychological Approach*. Detroit: Wayne State UP, 1978.

Pool, Daniel. *What Jane Austen Ate and Charles Dickens Knew: From Fox Hunting to Whist – the Facts of Daily Life in 19th-Century England*. New York: Simon and Schuster, 1993.

塩谷清人『ジェイン・オースティン入門』北星堂書店 , 2001.
Southam, Brian. *Jane Austen: The Critical Heritage*. London: Routledge & Kegan Paul, 1968.
Sutherland, John. *Can Jane Eyre be happy?: More Puzzles in Classic Fiction*. Oxford: Oxford UP, 1997.
高橋徹「心気症（特集 身体表現性障害）」『日本医師会雑誌』134.2 (2005): 189-92.

アメリカ南部の「二度目の死」
――『風と共に去りぬ』と『アブサロム・アブサロム！』における旧南部神話と間人種的欲望――

森　有礼

序：アメリカ南部文学史上の特異点としての一九三六年

マーガレット・ミッチェル（Margaret Mitchell）の『風と共に去りぬ』（*Gone with the Wind*）とウィリアム・フォークナー（William Faulkner）の『アブサロム・アブサロム！』（*Absalom, Absalom!*）は、共に一九三六年に出版された。忽ち一大ベストセラーとなり、今でも世界中に多くの読者を持つ歴史ロマンスである『風と共に去りぬ』と、それに比べればずっと少ない読者しか持たないものの、文学史においては前者よりも遥かに高い評価を受けてきたモダニスト小説である『アブサロム・アブサロム！』とが同じ年に発表されたのには、単なる偶然以上の意義があるのではないだろうか。両作とも合衆国の一大内乱である南北戦争とその後の時代を舞台として、神話的な旧南部の崩壊と、その階級的及び文化的流動性を、人種的背景と共に前景化しながら描き出している。エリザベス・ハンソン（Elizabeth I. Hanson）を始めとする批評家達が指摘するように、「特に一九二〇年代後半から三〇年代にかけて誕生した南部文学の実験的作品が、南部の体験に関する社会経済学的、政治的、人種的及び性的論争の、互いに交錯しまた矛盾し合うパターンを詳らかにしようとする関心に対するイデオロギー的アンチテーゼを反映」（Hanson 75）しており、それ故ミッチェルとフォークナーを含む南部作家が、殆ど「不可避的に歴史小説に惹き寄せられた」（Hanson 76）という指摘は、南部ルネッサンスが孕む鋭い歴史意識を明らかにする。だがこの二作についてより興味深いのは、いずれの作品も南部の歴史や風俗、そして思想や生活様式を綴った一種のガイドブックとしても読みうるという点である。南北戦争を戦って敗れた南部人の所謂「失われた大義」を巡る悲劇に、主人公達の壮絶な人生模様を折り込みつつ、これら二つの作品は、読者の想像力をかき立てるロマンティックでノスタルジックな南部像を読者に提示する。同時に南部人の不撓不屈の精神を描く『風と共に去りぬ』が、旧南部の「失われた大義」に対するシニカルな態度を保ちつつも南部人の忘れがたき過去への執着と栄光とを美化し称揚しているのに対し、『アブサロム・アブサロム！』はその背後にある性的、文化的及び人種的他者に対する暗い欲望を明らかにする。

本論は、こうした旧南部の神話的幻想と、その幻想の根幹に潜む不可触であるべき南部のトラウマ的な核に迫ることを目的とする。そのために南北戦争から再建期を経て一九三〇年代に至る南部が被った社会的・経済的変容を確認すると共に、そうした変容が南部人に齎したトフウマをどの様に昇華するかという一種の喪の行為（とその失敗）の過程として両作品を読んでゆく。具体的には、南部の社会的変容が旧南部の神話を遡及的に形成していったことを確認し、『風と共に去りぬ』を中心に、そうした神話形成を実践する南部の一種のメタテクストとして両作品を読解する。その上で『アブサロム・アブサロム！』に焦点を移し、こうした神話的南部が内包する現実の矛盾について考察すると共に、失われゆく南部に対する南部人のトラウマ的な悲嘆の特異性についても論じつつ、両作品の主人公のジェンダー的差異についても考察したい。

一　南部の「二度目の死」：黒人の消失と「旧南部」喪失のメランコリー

まずは冒頭に述べた一つの疑問、つまり何故『風と共に去りぬ』と『アブサロム・アブサロム！』は同じ年に刊行されたのかという問いから議論を始めたい。この問いに答えるためには、まず南北戦争が南部に齎した社会的・経済的変化について、特にその「二つの死」――一つは旧南部の社会システムの、もう一つはそのノスタルジックな記憶そのものの死――について考察する必要がある。しばしば論じられるように、南北戦争における南部連合国の悲劇的敗北と解体は、奴隷制の廃止と南部プランテーション貴族制の崩壊とを齎したが、逆説的にそれは南部人が信じるところの所謂「失われた大義」、即ち南軍側にとってこの戦争は敗北に終わったものの、南部人の誇りと名誉とを護るために避けることのできなかった戦いである、という自負と確信を正当化する結果となった。それは再建期以降の南部人にとって、その精神的拠り所となるべきバックボーンを形成することとなった。歴史家のＷ・Ｊ・キャッシュ（W.J. Cash）が以下で述べている様に、この名誉ある敗北と南部の「騎士道的理想」（Wilson 446）によって南部の過去は神話化されることとなった。

古典的な形式で伝説の旧南部と言われるものは多少なりとも誰もが馴染のあるものだ。それは十八世紀の物語舞台の一種で、そこでは薔薇園と決闘場を背景に、常に礼儀正しい物腰の、穏やかな口調で身振り手振りを交えながら話す紳士達が動き回っており、またフープスカートを着た愛らしい淑女達は、全ての男性が手に入れることを夢見ながらも誰のものにもならない、あの申し分のないよそよそしさを片時も絶やさない。その生活様式は荘園風で、その文明は王党派のそれ、支配階級は大農園主の一群に連なる貴族である——男達はしばしばセント・ジョージとセント・アンドリューを象った王国の紋章を楯に付けることを認められており、誰もが何世紀にも亘ってヨーロッパの支配階級を構成してきた高貴な家柄の子孫であった。(Cash xlix)

それは「十八世紀のイギリス貴族社会を一種のモデルとして、騎士道精神の下にまとめ上げられた紳士淑女の豪奢な暮らし」(Cash xlix)の記憶に彩られた過去、実際には決して存在することのなかった昔の時代であった。キャッシュが述べている様に、「旧南部」が南北戦争の敗北を契機として、言わば一種の時代錯誤的な伝説として遡及的に誕生した経緯については、例えばロバート・ペン・ウォーレン(Robert Penn Warren)が端的に次の様に指摘している。

この戦争[南北戦争]は南部連合国諸州に連邦への復帰を要求したが、それと共に、逆説的に連合国諸州をより南部らしくした。…ひと度戦争が終結すると、憲法主義を唱える法律家の中傷や、政治家達の野心や、地方主義への嫉妬を越えて、南部連合派にとっての心の故郷（a City of the Soul）となったのである。

敗北から強固な南部が生まれた——定見のない機械的な民主党への忠誠だけでなく、誇りに満ちた「他とは違うという自覚」、自己意識、そして自衛の意識と言った神秘的な雰囲気が芽生えたのである。…リー将軍がグラント将軍に降伏したその瞬間に、言い換えれば、その死の瞬間に、南部連合国は不滅の存在となかったと言えるのだ。（Warren 14-15）

要するに、伝説の貴族的な旧南部とその「失われた大義」の物語とは、敗戦のトラウマに対する南部人の防衛機制として生み出されたに過ぎないのだ。

しかしながら現実には、南北戦争後の所謂新南部において、こうした伝説的な旧南部は次第に失われてゆく。史的唯物論的観点からフォークナーを論じるリチャード・ゴデン（Richard Godden）は、その大きな社会変化の様子を以下の様に指摘している。


ニューディール政策が南部プランテーション諸州の農業調整プログラムに介入したために、一九三三年から一九三八年の間に、小作労働者の労使関係に意図せぬ革命が齎された。世界の綿花市場における供給過剰に直面して、連邦政府は南部の大規模農場主に対して、農作物を鋤き込む代わりにそれに対する補償金を支払う案を提示した。これにより、南部の綿花耕作地の五十三パーセントが耕作放棄地となった。分益小作人《シェアクロッパー》は分益小作契約に基づいて、その権利として連邦政府から支払われた補償金の半額を、放棄された土地と引き換えに受け取ることになるため、政府は農場主に対しても、保証金と引き換えに翌年の分益小作契約を結ばないよう求めた。その代りに農場主は同じ小作人を、時折賃金を払って農作物を鋤き込ませ、政府からの補助金を全て自分のものとした。ミシシッピ州では、一九三〇年から一九四〇年の間に、借地人の割合は六十二パーセントも減少した。労働史家のピート・ダニエルはこれを「南部囲い込み」と名付けたが、それは「小資本で労働力集約的なプランテーション生産から、資本集約的で労働力過剰な新しいプランテーション生産」への動き、つまり土地の明け渡しと黒人小作人の離散に顕著に特徴付けられる構造的変換のことを指している。(Godden 2)

綿花の過剰生産を調整するために連邦政府が打った手は、結果的に黒人労働者が南部を離れて北部へと大移動する契機となり、また南部に於ける農業生産システムを根本から変えることとなった。ゴデンは、奴隷所有者であった地主(landlord)とその奴隷との関係は、南北戦争後劇的に変化したと述べている。戦後曾ての奴隷は分益小作人《シェアクロッパー》となり、更には二十世紀になって、ニューディール政策の展開と共に賃金労働者である借地人となったために、曾ての奴隷主=地主もまた単なる土地所有者（農場主）へと変質した。ゴデンに拠れば、これは「労働のための土地が資本としての土地へと取って代わった」（Godden 2）ことを意味するが、加えて遅れてやってきた南部の近代化と、第二次世界大戦前後における黒人人口の北部への大規模流出とのために、こうした社会的・経済的な変動が南部の曾ての奴隷所有者のアイデンティティの変化を決定付けることとなったとゴデンは指摘している。

『労働のフィクション』［*Fiction of Labor*］（一九九七）の中で、私［ゴデン］はフォークナーの一九三〇年代の主要テクストの関心が、南部の特異で威圧的で前近代的な労働形態が、黒人に対して白人に、そしてまた白人に対して黒人になるよう強要したという自覚から生じた社会的トラウマの否認に向かったことを論じた。黒人の労働が奴隷主の実体を構成する以上、その奴隷主と彼の階級は、自身の人種、性、皮膚、土地、そして言語の形成の中心に黒人があるという事実を否定しながらも黒人の身体を手元に保持し続けなければならない。この、白人は黒いという矛盾は認められねばならない、さもなくば、南部土地所有者にとって南部らしさとは何なのか。一方でまたその矛盾は否定されねばならない、さもなくば、どうしてこの土地所有者は「今しばらく自分のままでいられようか。」（Godden 3）

ここでゴデンが展開しているのはヘーゲル流の主人と奴隷の弁証法である。ゴデンは白人の主人のアイデンティティが黒人とその労働力に依存しており、且つそのアイデンティティを保つためにはその事実を否認せねばならないという矛盾を明らかにする。ニューディール政策の影響で黒人労働力を失い、更にはそれに対する自身の物心両面における依存状況を明らかにされることで、白人は今や「二重化され、分割され、それを嘆く」(Godden 7) 状況に陥る。かくしてゴデンは旧南部の農本主義的経済体制の変容が、南部プランテーション貴族制の黒人労働力に対して、経済的側面だけでなく心理学的側面でも依存してきたこと、つまり前者の後者に対する一種の人種混淆《ミセジネーション》的な欲望とその否認の態度とを明らかにするが、加えて以下の一節において、彼は一九三〇年代のフォークナー作品がこうした「労働のトラウマ」を描いていたのに対して、それ以降の作品はこうした「トラウマそのものの喪失」を描こうとしていたことを指摘する。

[南部土地所有者の] 基盤と動機——つまりこの奇妙な労働制度——の変容は、奴隷主であった階級が土地所有者の階級になることを要求する。アフリカ系アメリカ人労働者が「漸進的に」その土地から追われ、路上へ、そして都市へと移り行くと、土地所有者は最早その白い顔に黒人の身体を見なくなった。『労働のフィクション』がフォークナーの三十年代の作品を主題的及び形式的に前近代的な労働のトラウマによって作られたものだと読んだのに対して、『複合語の経済』(或いは、私の目的としては『労働のトラウマ』第二巻ということになろうが) では、フォークナーが次の二十年を費やしてこの原初のトラウマの

喪失の影響を解決しようとしたことを論じてゆく。(Godden 4)

ここでゴデンが指摘している「原初のトラウマの喪失」と、それによって齎されるメランコリックなアイデンティティの喪失こそが、旧南部の二度目の、そして決定的な死となる。南部連合の国体としての南部は南北戦争の終結と共に失われたものの、「想像の共同体」としての旧南部はこの最初の死を生き延びて人々の記憶の中に伝説的な旧南部の神話を構築した。だがここで指摘された二度目の死は、南部の経済及び文化システムを根本から無化すると共に、その南部の社会や風景を下支えしてきた黒人そのものに対する深い喪失感を南部の白人に齎すことで、旧南部の神話そのものを解体する。一九三六年という時期は、正にこうした「喪失の喪失」、つまり失われた旧南部の記憶までもが、南部の変容と共に急速に喪われつつあった、正にその転回点として理解できる。こうした急激な社会的・経済的・人口動勢的変化、即ち差し迫った「古き良き南部」の喪失＝二度目の死を感じとりつつ、一九三〇年代のミッチェルもフォークナーも執筆を続けていた筈だ。それは失われつつある伝説的な旧南部に対する喪の行為であると共に、その二度目の死に必死に抗おうとする時代錯誤的な反動形成でもあるのだ。

二　「旧南部」のメタテクストとしての『風と共に去りぬ』と『アブサロム・アブサロム！』

ミッチェルとフォークナーが共に描く郷愁に満ちた旧南部貴族社会が、実際のそれとは異なるのは言うまでもないが、奇遇にも彼等が創造した主人公達は、あらゆる困難や挫折を物ともしない剛毅な意志という共通点も持っている。例えば『風と共に去りぬ』に登場する広大な綿花プランテーション農場や、コロニアル風の屋敷を舞台とした豪奢で優雅な生活様式は、過去の歴史的事実と言うよりは寧ろ南部の「失われた大義」という一種の文彩によって理想化された想像上の南部像であるし、『アブサロム・アブサロム！』の主人公トマス・サトペン（Thomas Sutpen）のトラウマ的原風景の中に登場する、ウェスト・ヴァージニアのプランテーションの白人所有者とその黒人使用人という組み合わせも、南部白人貴族と奴隷制の殆どステレオタイプ化されたストック・イメージをなぞっている。前者は南北戦争期から再建期にかけてのジョージア州を舞台として、不屈の精神を持つ若き南部女性スカーレット・オハラ（Scarlett O'Hara）の波乱万丈の半生を綴る。裕福なフランス系アメリカ人の母エレン（Ellen）と、単身アメリカに渡り、その才覚一つを武器に自らの農場を手に入れたアイルランド人の父ジェラルド（Gerald）との間に生まれたこの少女は、幼い頃からの想い人であるトゥエルヴ・オークス屋敷の惣領アシュレイ・ウィルクス（Ashley Wilkes）が従妹のメラニー・ハミルトン（Melanie Hamilton）と婚約したことを知り、その失恋の衝撃の余り、十六歳で自暴自棄になって意に沿わぬ相手と結婚をして以来、十年の間に三人の夫を得、そして別れてゆく。南北戦争によって殆ど全ての財産と奴隷達、そして慈愛に満ちた両親をも失い、後自分の唯一の理解者でもあり最後の夫でもあったレット・バトラー（Rhett Butler）も、彼との間に儲けた娘も失って、尚したたかに己の人生を生きようとする。一方『アブサロム・アブサロム！』の中心人物であるトマス・サトペンはアパラチア山脈生まれの貧乏白人である。上述したように、彼は十四歳の時に地元のプランテーション貴族付きの黒人奴隷に侮辱されたことを契機として、自身を始祖とする白人貴族の家系を創立するという「計画」(212)を抱く。最初はハイチに渡り、そこで砂糖黍農場主として家族を持つが、妻に黒人の血が混ざっていたためにこれを捨て、ミシシッピの田舎町ジェファソンで再び大領主に成り上がろうと試みる。ジェファソンの商家コールドフィールド家の長女エレン（Ellen Coldfield）との間に嗣子ヘンリー（Henry）と娘ジュディス（Judith）を儲けるものの、ミシシッピ大学に進学したヘンリーが、ハイチで捨てた息子チャールズ・ボン（Charles Bon）を、事もあろうに自分の妹の婚約者として連れてきて、更にはこの異母兄と共に父の命令を無視して南北戦争に出征し、挙句の果てには終戦直後のクリスマスの日、異母兄のボンを銃殺して失踪したため、ヘンリーを後継者としたサトペンの白人王国創立の計画は頓挫する。それでも自身の計画を諦めないサトペンは、義妹のローザ（Rosa Coldfield）に求婚し、彼女に結婚を拒まれると次には自分の屋敷付きの貧乏白人ウォッシュ（Wash Jones）の僅か十五歳の孫娘ミリー（Millie Jones）を妊娠させる。だが生まれた子供が女児だったためにミリーを侮辱し、それに怒ったウォッシュがサトペンを草刈鎌で殺害することで、サトペンの「計画」は終に実現することなく終わる。南部貴族の一家の悲劇的な崩壊の物語を、幾多の挫折を物ともしない鞏固な胆力を持ち、屈服を知らない主人公を通じて綴る両作品は、その悲劇的結末と共に、旧南部の神話的な過去を前景化して見せる。

一方で、この二作が共に伝説的な旧南部それ自体を脱神話化してもいることは注目に値するだろう。例えば『風と共に去りぬ』では、スカーレットもレットも南部連合国への盲目的な忠誠心、騎士道精神、熱狂的な愛国心、戦いと名誉に関する狂信的な熱情といった、旧南部の「紳士達」が信奉する伝統的な価値観に対しては、冷笑的な、或いは無関心な態度で等閑視を決め込んでいる。物語の冒頭、スカーレットは若い男性達が差し迫った開戦について熱心に議論している様子を見ると、次の様に吐き捨てる。

スカーレットはうんざりしてもう我慢ができないとばかり口をとがらせた。
「もう一度『戦争』なんて言ったら、私、家の中に引っ込んで扉を閉めてしまうわよ。生まれてこの方、『戦争』って言葉くらいうんざりするものはないわ。それと『連邦分離』。お父様ったら朝も昼も夜も戦争についてばっかり話しているし、お父様を訪ねてみえる方々だって、サムター要塞とか州権主義とかエイブ・リンカーンとか、もう飽き飽きして叫びたいくらいだわ。おまけに男の子達までもやれ戦争とか騎兵隊のことばっかり話しているのですもの。今年の春のパーティはどれも全然面白くなかったけど、それは男の子達が他に話すことがなかったせいよ。ジョージア州が、クリスマスが終わるまで連邦脱退しなかったのは本当によかったわ、そうでなければクリスマス・パーティがどれも台無しになってしまったところでしょうから。いい、もしまた『戦争』って言ったら、本当に家の

中に戻ってしまうわよ。(7-8)

南部の「大義」など「何の意味も持たない」スカーレットにとって、「他の人々が、瞳に狂気じみた表情を浮かべて戦争について語り合うのを耳にするのはうんざりさせられる」(175) 体験でしかない。南北戦争開戦劈頭、出征した最初の夫を病で失い、自らは喪中の時期に亡夫の忘れ形見の男の子を出産して間もないスカーレットは、嫁ぎ先のアトランタの婦人達が熱狂的に戦争を支持している様子を尻目に、南北戦争の大義の無意味さについて次の様に冷めた分析を行って見せる。

彼女［スカーレット］は大義が自分にとって何の意味もないことに気付いたのだった。そして他の人々が瞳に狂気じみた表情を浮かべて戦争について語り合うのを耳にするのもうんざりだった。…他の女達は、愛国心だとか大儀だとか言って、ただ愚かで半狂乱になってしまっているし、男達だって死活問題や州権の話とかでは同じように酷い有様だわ。私、このスカーレット・オハラ・ハミルトンだけが、アイルランド人の冷静で実際的な分別を持ち合わせているんだわ。私は大義なんかのために莫迦な真似をするつもりはないけど、かといって自分の率直な感情を吐露して莫迦を見るつもりもないわ。私は冷静に、この状況を現実的に捕えて、誰にも自分の本心を明かしたりするものですか。(175-76)

南部人の戦争に対する現実認識の欠如と度を超えた熱狂に対して、冷笑的ながら客観的な批判の目を向けるのはスカーレットだけではない。賭博師であり、密輸船の船長でもあるレット・バトラーは、ジョージア州の南部紳士達から悪名高き「変節漢（Scallawag）」（908）と非難される存在である。彼は穏やかだがしかし辛辣な口調で、性急で急進的な愛国者達の「驕慢さ」（115）を批判してみせる。

「お集まりの皆さん」とレット・バトラーは切り出した。その平板で、母音を長く伸ばした話し方は、彼がチャールストンの生まれであることを示していた。彼は木に寄りかかったまま、両手をポケットから出しもせずこう続けた。「ひと言言わせていただいてもよろしいですかな。…皆さんの中で、誰か一人でも南北境界線《メイソン・ディクソン・ライン》の南側には砲兵工廠が一つもないことについて考えられた方はいらっしゃいますか。また我が南部には碌に製鉄所もないことをお考えになった方は。毛織工場や製綿工場や皮鞣し工場もないのですぞ。こちらには軍艦一隻すらないので、北軍の艦隊はその気になれば我々の港湾を一週間で封鎖できることをお考えになった方は。そうなったら我々は綿花を外国に売ることもできなくなるのです。…私はチャールストンの生まれですが、この数年間北部におりました。…そこで皆さんがご覧になったこともないものを沢山見てまいりました。食料と僅かな金に釣られて、喜んで北部のために戦おうとする何千もの移民達も、工場も、鋳造所も、造船所も、鉄鉱や炭鉱も見てきました。我々の南部にはこうしたものはどれもないのです。あるのは綿花と奴隷と驕慢さだけです。ひと月もあれば、我々は北部にのされてしまうでしょうな。（114-15）

スカーレットにとってもレットにとっても、南部の伝統的な価値観、つまり騎士道精神や名誉や蛮勇や紳士としての面目、そして南部淑女に期待される貴族的な美徳といったものは、愚かであるだけでなく、現実には何の役にも立たない時代錯誤のスローガンに過ぎないのだ。特にスカーレットの素行信条は、今やアシュレイの妻となった彼女の義姉メラニー・ウィルクス（Melanie Wilks）のそれと好対照を成している。アシュレイと共にアトランタに居を構え、町の婦人達の敬愛と信頼を一身に受けている若きこの淑女は、次の様に描写されている。

メラニーは若かったが、この戦争で生き残った者達が大切にしているあらゆる資質、つまり、どれ程困窮していても失われない誇り、不平を口にしない勇気、快活さ、他人に対する歓待の気持ち、親切心、そしてとりわけ古い伝統に対する忠誠心を備えていた。メラニーは変わろうとはしなかった。彼女はこの移ろい行く世界の中で、変化すべき理由があることすら認めようとはしなかった。彼女の家にいると、古い昔の日々が戻ってきたように思えた。人々は活気をとり戻し、渡り政治屋《カーペットバガー》や新興成金の共和党員達の間に広がる自堕

落な生活や贅沢な暮らしぶりをますます軽蔑した。(738)

メラニーの為人は、典型的な南部淑女《サザン・ベル》(the Southern Belle)のそれである。彼女は言わば旧南部の伝統的美徳と価値観の規範《パラゴン》である。その一方で、黒髪で「薄い緑色の瞳」(5)のスカーレットは、ある意味出会う男達を悉く不幸な運命に導く宿命の女《ファム・ファタル》として描かれているだけでなく、時にはアトランタの婦人達、延いては敗戦後の南部社会全体に対する反逆者となる。その最初の二人の夫は、自暴自棄となった彼女の謀略に巻き込まれる形で彼女に籠絡されるが、共に間もなく不幸な形で早世する。最初の夫でメラニーの兄であるチャールズ・ハミルトン(Charles Hamilton)は、結婚後僅かひと月で出征し、腸チフスに罹って戦場で命を落とす。次の夫フランク・ケネディ(Frank Kennedy)は元々スカーレットの妹スエレン(Suellen)の恋人だったが、タラ農場再興に彼の財産を利用しようと画策したスカーレットは、妹から彼を奪って結婚する。しかしスカーレットの不用意な行動が引き金となって、フランクは北軍兵士に射殺される結果となる。三番目で最後の夫となったレットも、長く続くスカーレットとの擦れ違いの生活で心身を消耗し、更には彼にとっては唯一の愛娘ボニー(Bonnie)が幼くして落馬事故で命を落とした衝撃も重なって、遂には妻を諦めて去ってゆくこととなるが、こうした例はスカーレットが一種の奸婦であることを暗示していよう。また繰り返し社会の不文律を破ることで、彼女は町の上品なご婦人方を「激怒」(846)させることとなる。

彼女［スカーレット］がレットとの婚約を公にすると、辛辣なゴシップの嵐が巻き起こった。例のクー・クラックス・クランの一件以降、レットとスカーレットは、北部人《ヤンキー》と渡り政治屋《カーペットバガー》は別として、町で一番評判の悪い住人だった。スカーレットがチャールズ・ハミルトンのための喪章を捨てた遠い昔の日以来、彼女のことをよく言う者は誰もいなかった。彼女に対する人々の非難は、製材所の件で女らしい慎みを忘れた振舞いをしたり、妊娠中に人前に姿を現す様な、またそれに加えた様々なはしたない真似をしたりする度に激しくなっていった。彼女がフランクとトミーに死を齎し、他の十数人の男達の生命を危険に晒してから、人々の嫌悪感は燃え上がり、彼女は今や町全体の公然たる糾弾の的となっていた。…

こうした町の女性達は親切にはすぐに反応し、悲しみには気を遣い、苦難の時には不屈の精神を発揮したものだったが、彼女達の間に交わされた不文律を僅かでも破るような謀反人がいた時には、執念深く激怒したのだった。この不文律は単純だった。南部連合への崇敬、退役軍人への尊敬、古い慣習に忠実である事、貧困の折にも誇りを持つこと、友人への物惜しみしない手助け、そして北部人《ヤンキー》に対する消えることのない憎悪だった。その中で、スカーレットとレットはその不文律を悉く侵害してきたのだった。（845-46）

更に最初の二人の夫との間に生まれた長男長女に対しても、殆ど母親らしい愛情を感じることのできない彼女は、当時の女性の規範的美徳とされていた「家庭の天使」の役割すら放棄しており、「月光とマグノリア」に象徴される古き良き南部ロマンスに登場する、典型的な南部淑女《サザン・ベル》像からは程遠い。彼女のお節介な乳母マミー（Mammy）が痛烈に皮肉っている様に、彼女は言わば「馬の鞍を着けた騾馬以外の何物でもない」(851)。見方によっては、その「際立ってタフな様子や、頑固さや忍耐強さ」、そしてその心身の「強靭さ」(Taylor 73) と、苦難に満ちた人生に対する不屈の態度は、一種のリバタリアン的メッセージを孕んでさえいると考えられる。こうして徹頭徹尾周囲に対して反抗的に振る舞って見せることで、スカーレットは旧南部の伝統的な価値観と美徳とを根本から相対化することとなる。

　フォークナーが描くトマス・サトペンも、旧南部の神話を相対化するもう一人の登場人物である。『アブサロム・アブサロム！』の語り手の一人でありサトペンの義妹でもあるローザは、憎しみを込めて彼を「黒人奴隷の一団と共に何処からともなく忽然とこの土地に現れて農場を建設した悪鬼」(5) とか、「ならず者の悪党」(10) と呼ぶ。以下はローザが、物語の語り手である南部生まれのハーヴァード大学生クェンティン・コンプソン（Quentin Compson）に語ってみせるサトペン像である。

> この悪鬼――その名はサトペン（サトペン大佐）――サトペン大佐と言うらしい。彼は黒人奴隷の一団と共に何処からともなく忽然とこの土地に現れて農場を建設した――（ミス・

ローザ・コールドフィールドに言わせれば、一つのプランテーションを乱暴に引き千切って言った）――そう、乱暴に引き千切ったのだ。それから彼女の姉のエレンと結婚し、息子と娘を儲けたのだが、そのやり方ときたら――（優しさの欠片もなく身籠らせた、ミス・ローザ・コールドフィールドは言っていた）――優しさの欠片もなかった。この子供達は彼の自慢の宝石でもあり、年老いたらその楯とも慰めともなる筈だったものを、ただ――（ただこの子供達が彼を破滅させたのかどうか、或いは彼が子供達を破滅に追いやったのかどうか分からないが。そして彼は死んだ）――彼は死んでしまった。彼の死には誰も哀悼の意を示さなかった、とミス・ローザ・コールドフィールドは言っていた――（彼女自身以外は）そうだ、彼女自身以外には誰も。(5)

ローザにとっては、義兄のサトペンは神が南部に与えた宿命と呪いとを体現する存在である。その意味で、彼はコールドフィールド家のみならず、南北戦争を通じて旧南部の美徳と秩序を破壊し尽くした元凶である。ローザはサトペンが姉エレンに求婚した時の模様を、次の様に恨みを込めて語ってみせる。「いいですか、教会の中でですよ、まるで私達［ローザ］の家族が宿命と呪いに囚われ、神御自らがその宿命と呪いの最後の一滴、最後の一片まで果たされ終わるのをご覧になっていたかの様だったのです。そうです、この南部にも私の家族にも、宿命と呪いが降りかかっていたのです」(14)。彼女の語る話の中では、サトペンは殆ど創造主のグロテスクな似姿であり、それ故南部を破滅に導く先触れの役割をも担い得るだけの超人的な存在となり得る。ローザの話を聞きながら、クェンティンはサトペンが広大な領地に自身の大邸宅を築いた様子を、旧約聖書の創世記のパロディとして夢想する。

馬上の男［サトペン］は、髭を生やし、手のひらを上に向けて、身動き一つせず座っていた。その後ろには、野蛮な黒人共と囚われの建築家とが静かに身を寄せ合っていた。粗暴な黒人共にとっては矛盾したことに、その手は平和的な征服の道具であるスコップと鶴嘴とを携えていた。それからクェンティンには、長い時間驚きもせずに、この一団が、突然に、穏やかではあったが驚愕した大地から百平方マイルの土地を奪い取り、音もない無の中から屋敷と整形庭園とを荒々しく引き出し、丁度カードをテーブルの上に投げるようにそれらをピシャリとこの不滅で不遜な男の足下に投げ出し、サトペンの百マイル領地を、古の「光あれ」のように「サトペンの百マイル領地あれ」と言って創り出す様子が見えるように思えた。(4)

だが実際にはサトペンの百マイル領地はそれ程劇的にも奇跡的にも築かれた訳ではない。クェンティンの祖父であるコンプソン将軍（General Compson）によれば、実際には自分の領地となる敷地を購入してから「その後二年間、例のフランス人建築家が直接指導はしなかったが助言を与えた白人の依頼主［サトペン］とその黒人共は、乾いた泥が身体に張り付いている以外は全くの裸で働」（26）いてその屋敷を建てたのである。この慎ましやかだが膨大な労苦に比して、クェンティンの語る悪夢の様な創世神話のパロディは余りにも仰々しいと言わざるを得ないが、この例はローザの被害妄想的な語りを相対化すると同時に、サトペン屋敷の成立の過程自体が、伝説的な旧南部の神話を解体する結果にも繋がる。南部貴族の伝説的な社会は神話的なユートピアとして無窮の過去から存在していたのではなく、黒人奴隷による土地の開墾という歴史的事実の結果齎された一個の現実に過ぎないのだ。こうしたサトペンの様子は、翻ってスカーレットの父であるアイルランド人ジェラルドが、いかさまのポーカー・ゲームでオハラ家の地所となるタラ農園を手に入れた挿話を我々に思い起こさせる。

一時間程経って会話が滞りがちになると、ジェラルドは大きな輝く青い眼に浮かぶ無邪気さの裏に狡猾さを隠して、ポーカー・ゲームを持ちかけた。夜が更け、酔いが回ってくると、ジェラルドと見知らぬ相手以外は皆手を引いてしまい、二人が一騎打ちをする時が来た。この相手は自分のチップを全部に加えて、自分のプランテーション農場の譲渡証書も賭けた。ジェラルドは手持ちのチップ全ての上に、自分の財布を載せて賭けた。その財布の中身はオハラ兄弟商会の金であったが、ジェラルドにとってそんなことは翌朝のミサで告解する程にも良心の呵責を感じさせなかった。彼には自分が何を欲しているか分かっていたし、自分が欲しいものを手に入れる際には最も直接的な方法でそうするのだった。しかも彼は自分の運命と二の札《トゥーデュース》四枚という手を信じていたので、相手がもっと高い手を出したら、あの金をどう弁償しようかとは一瞬たりとも考えもしなかった。…

「乳離れした時からアイリッシュ・ウィスキーを飲んでいるんでなけりゃ、ポーカーとウィスキーを一緒にするのは絶対に駄目だ。」その晩ジェラルドは、「このいかさま勝負で新しく手に入れた奴隷の」ポーク（Pork）の手を借りて就寝準備をしながら、真面目くさった顔でそう言った。（49-50）

サトペン屋敷の逸話同様、ここにあるジェラルドの例も、そのプランテーション貴族としての起源を脱神話化し、卑俗な日常のレベルに引き下ろす。スカーレットが愛して止まないタラ農場の壮大な美しさは、そこで働く奴隷も含めて、いかさま博奕で父が奪い取ったものに過ぎない。これらいずれの例も、壮大な南部の貴族制の起源が、ひどく陳腐で散文的なものに過ぎないことを読者に示してみせる。これらの逸話は南部プランテーション貴族に纏わる神話的起源を脱神秘化し、また相対化することで伝説的な旧南部を歴史化し、それが凡俗で人間臭い営為の長い積み重ねに過ぎないことを明らかにするのだ。

一方でミッチェルやフォークナーの主人公は、その生き方を通じて逆説的にも彼等自身が相対化する神話的な「南部の精神」を体現してもいるようだ。両作品の主人公――スカーレットとサトペン——の類似性については、例えばハンソンが既に指摘しているが（79-82）、まずは『風と共に去りぬ』のスカーレットについて見てみよう。物語の終盤、レットとの諍いがきっかけとなって流産し、次には彼との間に生まれた愛娘ボニーを喪い、遂にはレットに別れを告げられても尚絶望することなく、夫を取り戻す期待を徒に未来に繋ぐ様子だけ見るならば、作中でしばしば語り手が指摘する、物事を常に先送りにするという彼女の悪い癖が再びここでも現れたに過ぎないとも言えよう。そうした彼女のある種楽観的で傲慢な性質は、以下に引用した本作の結末部においても窺える。

敗北が正面から顔を見つめていても敗北を認めようとしない祖先の精神を以て、彼女［スカーレット］は顔を上げた。きっとレットを取り戻せる。できると分かっている。一度手に入れようと心に決めて、自分に手に入らなかった男はこれまでいなかったのだから。
全部明日考えることにしよう。そう、タラに戻って。そうすれば何とか耐えられるだろう。明日。彼を取り戻す方法を考えよう。どうせ明日はまた別の日なのだから。（1042）

だが戦火のアトランタに残された義姉メラニーの出産をただ一人で介助し、燃え盛る市街地から北軍の包囲網を突破し、メラニーと生まれたばかりの赤子をタラ農園まで女手だけで連れ帰ったスカーレットの勇敢さと献身は、本作において最も英雄的なエピソードの一つである。また漸く帰宅した故郷の家が北軍の略奪を受け、最愛の母は既に病死し、父がその衝撃で一気に耄碌したことを知って尚自らを鼓舞し、故郷のタラ農園と家族達を自らの手で支えて行こうと決意する彼女の姿に、大地に対する南部人の深い愛着と自己信頼、そして強い家族愛を看取することは困難ではない。次に引用するのは、タラに戻った翌日、家族を護り、タラ再興を決意するスカーレットの心情である。

いいえ、父《ジェラルド》の家族にも亡母《エレン》の家族にも頼れないし、頼る訳にはいかない。オハラ家の人間は他人の慈悲に縋ることはしなかったのだから。自分達の面倒は自分で見てきたのだから。自分の重荷は自分自身のものなのだし、その重荷はそれを支えられる強さを持つ者だからこそ負わされているのだから。この両の肩は今やどんな重荷にでも耐えられるし、これまでだって最悪だと思えたことにだって耐えてこられたのだから。ある種の高みから状況を見下ろしながら、彼女［スカーレット］は驚きもせずそう考えた。タラを離れることなんてできない、何故って、私がタラを所有するずっと前から、私はタラの赤い大地の一部だったのだから。この血の様に赤い土壌に深く根を張り、綿花の様にそこから生命を吸い取っているのだから。タラに留まってそこを護ってゆこう、何とかして、父や妹達を、メラニーとアシュレイの赤ん坊を、そして黒人召使達を養ってゆこう。明日――そう、明日！明日になったら、自らの首に枷を嵌めるのだ。(422)

こうした決意の下、「この苦境を生き抜いてみせる、それが終わったらもう二度と飢えもしないし、私の家族を飢えさせもしない」（430）と神に誓いを立て、野良仕事も北軍兵士との血生臭い諍いも厭わず、オハラ家の家長として死にもの狂いで家族達を養ってゆく姿勢からは、殆ど性別すらも超越した不屈の意志が感じられる。今やスカーレットは「例え敗北がその顔を覗き込んでいたとしても敗北を知ろうとしない先祖達の精神」（1036）の象徴である。スカーレット自身が表しているのは批評家達が南部の精神と呼ぶ、不滅の、そして不屈の意志である。皮肉にも、旧南部の偏狭で蒙昧な価値観を軽蔑し、そのために人々から蛇蝎の如く忌み嫌われるスカーレットこそが、キャッシュの言う「不滅の南部の精神」を見事に体現しているのだ。と同時に、ここで彼女が希望を託す「明日」もまた殆ど悲痛な程にアイロニカルだ。と言うのも、「自らの首に枷を嵌める」スカーレットは、未来が苦難に満ちた明日の繰り返しであるという現実を甘受し、その上で将来の可能性に賭けようとしている――そして読者は彼女がその賭けに敗れることを予見し、その様を見届けるために頁をめくる――からであり、彼女が単なるヒロインでなく、旧南部を代表する英雄足り得るのは、この悲劇的な敗北を経て尚立ち上がろうとするその姿故である。その意味で『風と共に去りぬ』は一九三〇年代以降の、既に南北戦争や再建期の現実を知らない世代の読者にとって、想像上の旧南部について、つまり当時における現実の南部とは全く異なった世界について物語る、一種の擬似《フェイク》／贋歴史記述として読まれ得ることとなるのだ。

同作が提示する旧南部の擬似性／贋作性についてもう少し考察するために、冒頭で言及したゴデンの議論を思い出してみよう。こうしたスカーレットの逆説的な「旧南部らしさ」を裏打ちする要素の一つが、彼女が自分の黒人奴隷達――敗戦後は彼女の屋敷の召使ということになるが――に対して抱く共感と慈愛である。北軍に蹂躙されたタラの屋敷から多くの奴隷が逃げ出した後も、オハラ家に深い忠誠と信頼を寄せる、わずかに残った旧い黒人使用人達との変わることのない交感と連帯の様子は、人種の垣根を越えた南部の人々の絆を表している様にも読めないではない。困窮するオハラ家の食糧事情を救うために、命がけで盗みを働いた黒人使用人ポークに対するスカーレットの思いは次の様なものだ。

ポークは遠くまで食べ物を探しに行って一晩中帰らないこともあったが、スカーレットはどこまで行ってきたのかと問い質しはしなかった。時には獲物を、時には玉蜀黍を何本かとか、袋に入った干し豆とかを持って帰ってきた。一度、森で見つけたと言って雄鶏を一羽持って帰ったことがあった。皆それを美味しいと言って食べたが、そこには一抹の罪の意識があった。と言うのも、これまでも豆や玉蜀黍を盗ってきた様に、ポークがそれを盗んできたことが分かっていたからだ。その後程なく、家中が寝静まってから彼はスカーレットの部屋の扉をたたいて、おずおずと散弾銃で撃たれて傷だらけになった脚を見せた。脚に包帯を巻いてやっていると、彼は気まずそうに、フェイエットヴィルの鶏小屋に入ろうとして見つかったのだと告げた。黒人《ニッグロ》というのは、時に腹立たしく、また愚かで怠惰だが、お金では買えない忠誠心がある。白人との一体感を持ち、食卓に食べ物を並べるために命すら掛けようとする気持ちを持っているのだ。…スカーレットは彼を罰したり非難したりせず、代わりに彼が撃たれたことを気の毒に思った。

「もっと気を付けなさい、ポーク。お前を失いたくはないの。お前がいなかったら、私達はどうやってゆけばいいの。お前は本当に忠実に私達に尽くしてくれてるわね。またお金が入ったら、お前に大きな金時計を買ってやって、それに聖書の『善きかな、心正しく忠実な下僕《しもべ》よ』という言葉を彫ってあげるわ。」(473-74)

現代的な政治的公正性《ポリティカル・コレクトネス》の観点からスカーレットの人種差別的な言動を論うのは容易いが、今注意したいのは、ここに描かれた思いやりのある女主人と献身的な黒人召使との共感が、一方でゴデンが指摘していた、南部プランテーション貴族が黒人労働力に対して、経済的側面だけでなく心理学的側面でも依存してきた状況を髣髴とさせる点である。ポークの命懸けの献身は、文字通りの意味でオハラ家にとって欠くことのできない経済的支柱であるばかりでなく、スカーレットの言葉が表している様に、白人(女性)主体が自身を依存させ得る心理的基盤でもある。白人女主人と黒人召使の間のこの信頼感《ラポール》はある種騎士道的な麗しい主従関係を思い起こさせるかも知れないが、その絆を支えるのは黒人に対する白人の側の思い入れであって、その逆ではない(少なくとも『風と共に去りぬ』において、白人なしではやってゆけないと明言する黒人召使は一人もいない）。更に次の引用では、ハミルトン家の老黒人召使ピーター（Peter）を傲然と侮辱して憚らない北部人女性を前にして、スカーレットは不遜な北部人《ヤンキー》の黒人に対する無知と無理解に憤り、ピーターに深い同情を寄せる。

スカーレットは思った。北部人《ヤンキー》とは何と忌々しくも奇妙な連中だろう！あの女共は、ピーター爺やが黒人だから、彼には耳も聞こえず、傷つくような繊細な感情もないと思っているようだ。……黒人《ダーキー》が信用できないですって！スカーレットは多くの白人よりもずっと彼等のことを信用していた、間違いなくどんな北部人《ヤンキー》よりも。どんな試練によっても挫くことができず、どれだけお金を積んでも買うことのできない忠誠心と疲れを知らない働きと愛情を彼等は持っていた。スカーレットは北軍の侵攻を前にして、逃げようと思えば逃げられ、敵軍に加わってのんびりと暮らそうと思えばそうもできた筈なのに、タラに留まってくれた数少ない忠実な黒人のことを考えた。そうだ、彼等は残ってくれたのだ。自分と共に綿花畑で苦労して働いていたディルシーのことを思った。皆が食べて行けるようにと、命がけで近所の鶏小屋に向かったポークのことを、自分が間違いを犯さない様にとわざわざアトランタまで付いてきたマミーのことを。それから彼女は、白人の所有者に忠実に付き従う近隣の黒人召使のことを思った。男達が前線で戦っている間、彼等は女主人を守り、戦争の恐怖の中白人達と共に疎開し、負傷者を看病し、死者を埋葬し、遺された者を慰め、食料を絶やさぬよう努力し、物乞いをし、盗みさえ働いた者達のことを。そして奴隷解放局があらゆる種類の奇跡を約束している今でも尚、彼等は白人家族の側に留まり、奴隷時代よりもずっと熱心に働いてくれている。それなのに北部人《ヤンキー》はこうしたことを理解しないし、決して理解しようとすらしないのだ。(677-78)

スカーレットは、黒人と白人は恰もある種の家族的な信頼の絆を共有していると言わんばかりであるが、ここでも留意すべきは黒人が白人を物心両面で支えているのであってその逆ではない点だ。先にスカーレットは神話的な旧南部の精髄である不屈の精神と不滅の意志とを体現していると述べたが、その精髄が依拠しているのはこの貴族階級を下支えしている黒人人口であることを看過してはならない。歴史ロマンスとしての『風と共に去りぬ』は、旧南部の伝説的な起源を歴史化することでそれを相対化すると共に、スカーレットを通じてその理想と精髄を体現しても見せるが、ここではこうした相対化はより深い審級で実践される。失われた南部に対する白人貴族階級の郷愁と愛着とを前面に押し出すこの物語の中で、その郷愁と愛着は畢竟彼等と共にあった黒人に向けられていたことを、これらのエピソードは暗示しているのだ。ゴデンが指摘する様に、この物語が「黒人小作人の離散に顕著に特徴付けられる「南部社会の」構造的変換」が進んだニューディール期に出版された理由は正にここにある。皮肉にも南北戦争終結から七十余年を経て、タラの大地に留まり続けた黒人達の離散が不可避となった時期、つまり失われた南部の「二度目の死」が目前に迫った時期に、それらを追憶の中で取り戻そうとする白人の側の集合的無意識が、『風と共に去りぬ』という擬似《フェイク》／贋歴史ロマンスを求めたのだ。

しかし急いで付け加えておけば、こうしたロマンスを成立させるのは、白人女主人と黒人召使との「麗しい絆」が前提となっている限りにおいてであり、それはこの小説におけるジェンダー・バイアスと重要な関わりを持っている。本作でスカーレットが出会う黒人は、白人の仲間と連れ立って彼女から金を強奪しようとした「ゴリラの様な胸板」(793) をした「黒い猿」(794) の様な黒人を除けば、概して他人に危害を与えることはしない者達ばかりだった。それだけに、この猿の様な黒人に服を引き裂かれ胸元を弄られるという「悪夢」(793) の様な体験は、南部において白人女性に対する黒人男性の暴行がどの様な社会的脅威と看做されていたのかを示す好例なのだが、今着目したいのは、この唯一のエピソードを除いて、『風と共に去りぬ』は間人種的《インターレイシャル》な性的関係、殊に白人女性と黒人男性との関係を一切描いていないという (当時の南部ロマンスとしては当然の) 事実である。本作に登場するクー・クラックス・クランの一団――フランクもアシュレイもその一員である――が仄めかす様に、歴史的な事実として白人女性と黒人男性との間人種的《インターレイシャル》な性的関係は当時の南部にあってはほぼ例外なく私刑の対象であったが、それ故そもそもその様なことは起こり得なかった、と信じるのは早計だ。断言すれば、『風と共に去りぬ』の擬似《フェイク》／贋歴史記述性は、こうした間人種的《インターレイシャル》な関係を構造的に排除することで担保されているのだ。スカーレットが多くの白人男性にとって魅惑的であると同時に、ほぼ全ての黒人登場人物にとって彼女が非性的である、というよりは寧ろ、スカーレットに代表される貴族階級の白人の女性にとって、黒人が押し並べて非性的であるという――本作の底流にある人種混淆的《ミセジネーショナル》な欲望を考慮すれば、凡そ非現実的な――設定が、この物語が提示する南部の歴史の虚構性の根幹を成しているのだ。

少し議論を性急に進め過ぎたが、翻って『アブサロム・アブサロム!』を見れば、ここでもスカーレットに体現されたのと同様の不滅の、しかし虚構の南部が(但しよりグロテスクな形で)具現化されている。前述のように、サトペンは少年期に黒人召使に侮辱されたことをきっかけとして自らを始祖とする白人プランテーション貴族の家系を興そうと決意し、ハイチへ、そしてジェファソンへと居を移しながら彼の「計画」実現を企図する。生まれた白人の息子ヘンリーが異母兄チャールズ・ボンを殺害して失踪した後、サトペンは義妹ローザや白人使用人ウォッシュの孫娘ミリーを相手として新たな嗣子を得ようとするが悉く失敗し、最後にはウォッシュの手に掛かって死ぬ。未婚のまま未亡人となったサトペンの娘ジュディスは、ボンと彼の八分の一黒人の《オクトルーンの》血を持つ妻との間に生まれた遺児チャールズ・エティエンヌ(Charles Etienne de St. Valery Bon)を引き取るが、黄熱病によりジュディスもチャールズ・エティエンヌも亡くなり、サトペンの血を引く白人の血筋は途絶え、後にはチャールズ・エティエンヌの白痴の息子ジム・ボンド(Jim Bond)のみが遺される。だがまず確認すべきは、サトペンの計画のこうした皮肉な結末ではなく、繰り返される失敗にも関わらず、彼が自身を高祖とする白人の家系存立に賭ける飽くなき執念である。目的のためには結婚の相手もその手段も選ばない彼の遣り口は殆ど自己破滅的で盲目的であり、それこそがサトペンを破滅の淵へ追い込んでゆく。だが何者によっても挫くことのできない不滅の意志は、初恋の相手アシュレイ（Ashley Wilkes）以外は誰が自分の夫になろうと心情的には殆ど無関心であり、目の前の難局を乗り越えるためには妹すら裏切って二度目の夫を得るスカーレットの冷徹なリアリズムとも通じる。アトランタの婦人達に蔑まれるスカーレットも、ジェファソンの住民、殊にローザがコミュニティの不倶戴天の敵と看做すサトペンも、共に伝統的な旧南部の価値観から最も遠い所に居ながらも、逆説的に不屈の南部の精神を批判的に体現することで神話的な旧南部をパロディしてみせる。彼等こそが、そしてまた彼等だけが、南部の「失われた大義」を真に、しかもグロテスクな形で実践し、それに殉じているとも言える。

かくしてミッチェルとフォークナーの描く主人公は「南部の精神」を同時に再神話化すると共に脱神話化して見せる。繰り返す敗北と挫折を物ともしないスカーレットとサトペンの不屈さと忍耐強さは、南部自身の怖気立つ程の不死性を、ボードリヤールが呼ぶ所のシミュラクル、つまりオリジナルなきコピーとして提示する。それは正に旧南部が死を迎え、それが消え去った後に彷徨う亡霊としての南部であり、南部人の胸中にのみ（或いは読者の想像力の中にのみ）残る過去の伝説の幻影に過ぎない。この郷愁に満ちた想像的構築物は、その起源《オリジナル》／原型としての南部が消え去った後に創造されたものであり、それ故に「何処にもない（失われた）昔の世界」、即ち

「アメリカ国家の他の残りの部分とは鋭く異なった…別の土地」（Cash xlvii）として読者の好奇心を掻き立てる。従ってこれらのテクストを読むことは、そのままこのシミュラクル空間を旅することを意味する。サイードの言葉を借りれば、このシミュラクルとしての南部は「読者が知っているような意味において存在する」（32）に過ぎない空間でしかなく、根本的にその本質性を欠いている。『風と共に去りぬ』や『アブサロム・アブサロム！』がその読者を強く惹きつけ魅了して止まないのは、これらのテクストを読む行為が、我々の文化的他者としての南部を巡る想像力によって織り成されたグランド・ツアーとなるからであり、且つ同時にそれが我々にとって格好の（そして極めて都合よく居心地の良い）歴史的ガイドブックとなっているからなのだ。但しこのグランド・ツアーが行き着く先は必ずしも憧憬に満ちた麗しい過去の風景ではない。スカーレットの言葉を借りれば、そこは南部にとっての「悪夢」の様な世界でもあるのだ。

三　南部の「原初の嘘」としての人種的欲望

『アブサロム・アブサロム！』の語り手の一人であり、クェンティン・コンプソンのハーヴァード大学のルームメイトとして登場するカナダ人シュリーヴ・マッキャノン（Shreve MacCannon）は、このような好奇心溢れるツーリストの眼差しを見事に例証している。彼は南部出身のクェンティンに対して繰り返し（しかもふざけた口調で）こう尋ねる。「南部について聞かせてくれよ。そこはどんな風なんだ。そこで君達は何をしているんだ。何故そこに暮らしているんだ。そもそも何故君たちは生きているんだ」(142)。この問いに対してクェンティンはサトペンの物語を語るのだが、シュリーヴの様な異邦人にとってみれば、そこに登場する南部と南部人、そしてそこの暮らしや生活様式は好奇心と興味の対象に過ぎない。例えば『ハックルベリー・フィンの冒険』におけるグレインジャーフォード家とシェファードソン家の何世代にも亘る確執の様な、時代錯誤な封建的慣習に則った血生臭い出来事が次々に起こっているのが南部という土地だとシュリーヴは考えている様だ。だからこそ彼はサトペンについての話を聞きながら、「『ベン・ハー』よりも面白い」(176)と無邪気に燥いでみせるのだ。

しかし南部人であるクェンティンにとっては、その物語を反芻することは「頑固に後ろを向いた亡霊達」と共にジェファソンの「八十年の遺産」(7)に向き合うこと、殊に『アブサロム・アブサロム!』の中心的主題である人種混淆の問題と対峙することに他ならない。南部の現実に対するこの二人の認識の違いが、クェンティンとシュリーヴ(即ち南部人と、そこを想像力を駆使して旅する旅行者)との間に、埋めようのない解釈のギャップを生ぜしめる。シュリーヴにとっては、サトペン一族の没落とはトマス・サトペンに始まり、彼の黒い血を引く子孫達によって繰り返された人種混淆という、南部の人種コードの侵犯の論理的帰結に過ぎない。だからこそ彼は、サトペン一族の興亡を軸として長い南部の過去を紡ぐクェンティンとの語りの後に尚、この一族の破滅の過程を単純な論理的パターンの繰り返しに帰する。

そうすると、チャールズ・ボンとその母親がトムの親父［トマス・サトペン］を始末し、チャールズ・ボンとその八分の一黒人の血の混じった息子がジュディスを片付け、そしてチャールズ・ボンとクライティ［Clytie］がヘンリーを始末した、ということか。そしてチャールズ・ボンの母親と彼の祖母がチャールズ・ボンを片付けた訳だ。だから一人のサトペン家の人間を片付けるのに二人の黒人が必要だった、と言う訳だね。（302）

シュリーヴは、ヘンリーが黒人の血を持つ兄チャールズ・ボンを殺害した理由――それは本作の中核を成す謎である――を、単にボンが「［ヘンリーの］妹と寝ようとする黒ん坊」（286）だったからだという生物学的な事実へと還元してしまう。上述の様に、当時の南部において人種混淆は、社会的には絶対の禁忌であったが故に、その禁忌を犯した者は破滅する、と彼は単純に理解しているようだ。

しかしここでシュリーヴが決定的に見落としている観点が、ボンとジュディスを中心とした間人種間結婚を巡るジェンダー・バイアスである。ここで彼が提示する、「一人のサトペン家の［白人の］人間を片付けるのに二人の黒人が必要」という公式は、当時の南部において常識とされていた所謂ワン・ドロップ・ルール、つまり黒人との混血児は機械的に黒人と看做される公式に基づいた、一種の二元論的な単純化に基づいている。だが実際には、ここでシュリーヴが言及する「黒人」達は――サトペンの血を引くにせよ、そうでないにせよ――皆白人との混血である。そしてそれは取りも直さず、『風と共に去りぬ』においては白人女性の観点から否定されていた黒人に対する性的欲望が、白人の側に疑いの余地なく存在すること、更に言えば、その欲望は丁度『風と共に去りぬ』と対照を成す形でジェンダー・バイアスを伴っているということを意味しているのだ。

一方クェンティンにとっては、シュリーヴの「公式」を受け入れることは、『風と共に去りぬ』において賞賛された、使用人である黒人奴隷とその所有者である白人との「麗しい絆」が——後にアリス・ランドール（Alice Randall）に拠る同作の非公認のパロディである『風は行っちまった』（*The Wind Done Gone*）が暴いた様に——白人男性の人種を超えた性的欲望に根差すという、南部の人種イデオロギーを根底から覆す、しかし南部人にとってはありふれた現実を目の当たりにすることに他ならない。それを表す例は、例えば——ワン・ドロップ・ルールに従えば黒人と看做される——八分の一黒人の《オクトルーンの》血を持つ女性を正式な妻とし、しかもそのことを意にも掛けないチャールズ・ボンに対して、ヘンリーが「清教徒的」（91）な激しい嫌悪感と当惑を覚える以下の引用にも窺える。

いいや、娼婦じゃない。時折僕［ボン］は、彼女達［黒人の血を引く高級娼婦］だけが、処女とは言えなくとも、アメリカで真に貞節な女性だと思うんだ。彼女達は相手の男が死ぬか彼女達を解放するまでじゃなく、自分が死ぬまで一人の男に誠実に尽くすんだからね。娼婦にせよ淑女にせよ、どこにそこまで当てにできる女性がいるだろうか。」と言うとヘンリーは「でもあなたはその女性と結婚したんだ。その女性と。」するとボンが――今度は少し早口で、少し鋭く、それでも尚穏やかで辛抱強く、それでもまだ鉄の様に、鋼鉄の様に――このギャンブラーはまだ最後の一手を出すまで追い詰められたわけではないといった様子で、「ああ、あの儀式のことか。分かったよ。そういうことなんだね。それはありふれた決まり文句で、子供の遊びの合言葉みたいに無意味なもので、その時々の必要に応じて行われるものなんだ。…君達は新婚初夜であれ、売春婦を買って行うその場限りの交渉であれ、同じ様に（ひと時借りた）私室で、同じ順序で同じ服を脱ぎ、シングルベッドで同じ様に交われば、それを結婚と呼ぶんだろう？だったら何故これが結婚じゃないんだ？…君は僕の女が、僕の子供が黒人だってことを忘れてるんじゃないか？ミシシッピのサトペンの百マイル屋敷に住むヘンリー・サトペンともあろう者が？その君がこのニュー・オーリンズで、結婚のことを、結婚式のことをあれこれ言うのかい？」するとヘンリーは――今や絶望し、それでもまだ負けまいと最後の叫びをあげて、「分かります。そうです。そのことは分かっています。それでもまだ問題はあるんです。それ［黒人と正式に結婚すること］は正しいことじゃないんだ。例えあなただってそれは正しいことにはならないんだ。例えあなただって。」（93-94）

ここでのヘンリーの当惑と怒りは、結婚という神聖な儀式をボンが性交渉という行為に還元して恥じない点に向けられている。彼はボンが、「南部紳士」が白人の淑女に対して抱く神聖な愛情の結果として到達する婚姻の成就《コンサメーション》と、黒人女性に対して抱く明け透けな性的欲望とを短絡的に同一視していることを非難しているのだ。それはこの二人の関係を回想する語り手のコンプソン将軍もよく理解している。「ヘンリーが驚いたのは、それがどんな類であれ、式を挙げたという事実だっただろう。…［ボンの］愛人ではなく、その子供でもなく、それが黒人の愛人であり子供であったという事実でもないんだ。何故って、ヘンリーもジュディスも自分達の黒人との間に出来た姉と共に育ってきたからな」(87)。しかしコンプソン将軍がこの後に続けて話す内容を見れば、ヘンリー自身の性的欲望の本質がボンのそれと違わないことが明らかになる。

［ヘンリーは］女性が三つの明確な区分に分かれていて、（その二つは）一度しか、そして一方向にしか越えられない隔たりによって分かれている環境で育ってきた――つまり淑女と、女と、雌だ――つまり紳士がいつか結婚する処女と、安息日に若者が街に出て求める売春婦と、その上に淑女達が依拠しており、時には間違いなくその存在のお蔭で淑女達がその処女性を護れている、奴隷の娘や女達［のいる環境でだ］。…ヘンリーや彼と同年代の若い紳士達は、自分と同じ階級の少女達は禁制となっていて近づくこともできず、第二の階級もまた金と距離のために近づけないので、それ故奴隷の娘達だけ［しか彼等には残

されていない」…（87）

コンプソン将軍のこの一節は、南部紳士と黒人奴隷の女性達との間の間人種間性交渉の歴史であり、それは前述の引用からも明らかな様に、ヘンリー達南部白人貴族の間では半ば公然と黙認されてきたことを意味する。何よりも彼の父サトペンが、ハイチから連れてきた奴隷との間にクライティを儲けた事実が、『風と共に去りぬ』では描かれなかった間人種間の欲望をまざまざと物語っている。

従って、本論冒頭で引用したリチャード・ゴデンの「奴隷主と彼の階級は…黒人の身体を手元に保持し続けなければならない」という一節は、文字通りの意味で南部白人の——男性の——欲望の本質を言い当てている。クェンティンにとってシュリーヴの話を了解することは、南部の白人貴族は奴隷達の黒い肌に魅了され、それに依存しながら世代を重ねてきたのであり、それ故人種の区別と言うものが必然的に流動的であること、しかもそれは自らによって流動化されてきたことを認めることになるのだ。それは南部人が目を背けつつも、クェンティンの人生の中に存在し続けてきた南部の疑いもない歴史的・社会的・文化的遺産の一部であり、否定しようのない現実である。加えて、『アブサロム・アブサロム！』の物語内現実の最後の時間——シュリーヴとの冬の夜の長い語り——から五か月後、『響きと怒り』（*The Sound and the Fury*）の物語世界で、最愛の妹キャディ（Caddy Compson）の婚外妊娠と、それを隠蔽するための性急な婚約を知って絶望したクェンティンが、死に場所を求めて独りボストンの街を彷徨いながら、ジェファソンに残してきた黒人使用人達の事を懐かしく思い出して郷愁に浸っている状況を思い起こせば、クェンティン自身が、ゴデンが指摘したトラウマ的喪失を繰り返し追体験していることも容易に想像できよう。

更に言えば、こうしたトラウマは南部の淑女達、延いては南部貴族の妻達にとっても同様に大きな衝撃を与える。歴史家でありフォークナーの伝記を書いたジョエル・ウィリアムソン（Joel Williamson）は、フォークナーの曽祖父自身が自分の所有する混血《ムラート》の黒人との間に所謂シャドウ・ファミリーを築いていた可能性を指摘しつつ（22-29）、南部の奴隷制における人種混淆の実態について次の様に説明している。

混血《ムラート》の黒人の家族を作る奴隷所有者階級の白人男性は、通常三つの基本的なモデルのいずれかに当て嵌まった。最初のモデルは、奴隷主階級に属する独身男性結婚（通常は奴隷主自身だが、時にはその息子や兄弟や叔父や甥、もしくは配偶者の親族）が、「白人女性と」結婚することなく混血《ムラート》の黒人の奴隷女性を事実上の妻として何人もの子供を儲ける場合である。…第二のモデルは、妻を亡くしたために、その代わりとして奴隷の女性の一人と関係を持つ男性である。…第三のモデルは、母屋で白人の家族を維持しつつ、全く同時に召使小屋で混血《ムラート》の黒人の家族を養っている場合で、実質的に二人の妻を同時に持つ場合である。皮肉なことに、混血《ムラート》の黒人の家族は時に、一方の妻がもう一方の妻、一方の子供がもう一方の子供という様に、白人の家族を鏡のように映し出した。混血《ムラート》の黒人家族は正に白人の家族の影の中で暮らしているので、「シャドウ・ファミリー」と呼べるだろう。(Williamson 25)

サトペン自身がこうした「シャドウ・ファミリー」を擁しており、それ故彼の妻でありこの家の女主人でもあるエレンは、彼との結婚で「[コールドフィールド家の]家族と家からだけでなく、その人生からも姿を消して青髭の館の様な屋敷の中に消えゆき、そこで取り返し様のない世界を大人しく絶望して眺めている仮面に身を変えた」(47)のも無理からぬことだろう。またローザがこの結婚を「神の呪い」と呼ぶのも頷ける。何故ならそれは、淑女と奴隷との差異を、男性の欲望の下に一方的に抹消することを意味するからであり、それ故奴隷を淑女の地位に引き上げるのでは勿論なく、逆に淑女を奴隷の立場に貶めることにも繋がる。ウィリアムソンが述べる様に、「とりわけシャドウ・ファミリーは南部の白人女性に対する侮辱」(Williamson 28)であり、「それ[シャドウ・ファミリーを白人家族の下で養うこと]は男性の究極の裏切りだった」(Williamson 29)。ヘンリーにとって、そしてヘンリーに成り代わって彼の物語を語るクェンティンにとって耐えられないのは、ボンがこうした南部のジェンダー的二重基準を突き付ける生き証人であるからであり、またボンと黒人女性との婚姻が、彼等が崇拝し称揚する淑女の価値、即ち処女性の持つ神聖さを泥に塗れさせるからだ。

こうした悪夢的な現実から何とか逃れようと、語り手であるローザもクェンティンも、サトペンを「悪鬼」(16)と呼ぶことで、彼に南北戦争の敗北と旧南部没落の象徴的責任を押し付けようと徒にもがいてみせる。だが南部にとって部外者であるシュリーヴには、こうした南部的価値観を共有していないが故に、人種混淆を希求する欲望を南部の外部に位置付けようとする彼等の必死の防衛機制の試みは理解できない。それ故彼は物語の最後で、クェンティンに対してからかうように「何故君は南部を憎んでいるんだ」(303)と問い掛ける。

…さて、もう一つだけ君に聞きたいことがあるんだ。君は何で南部を憎んでいるんだ。」
「僕は憎んでなんかいない」とクェンティンは慌ててすぐさま、即座にそう答えた。「憎んでなんかないよ」と彼は言った。憎んでなんかないと彼は思った。冷たい空気の中で、ニューイングランドの鉄の様な闇の中で喘ぎながら。憎んでない!憎んでない!憎んでなんかないんだ!憎んでなんかいるものか!(303)

シュリーヴにしてみれば、サトペンとその(白人の)子孫の死と共に南部の貴族制が滅亡する物語を微に入り細に入り語り続けるクェンティン(そしてローザ達)からは、故郷に対する嫌悪と怨念とが感じられる様に思えたのだろう。だがクェンティンが執着するのはそこではない。一月の「冷たい空気の中で、ニューイングランドの鉄の様な闇の中で」南部の過去に横たわる闇の中へと下りてゆく語りの旅路の果てで、クェンティンは遂に伝説の旧南部のヴィジョンの奥底にある昏い欲望と直面する。

　こうした闇の奥にあるのは、旧南部という神話的過去を形成する核であり、この核は正にその脱正統性故に隠蔽され、抑圧され、忘却されていなければならない。ここでスロヴェニア出身の哲学者スラヴォイ・ジジェク（Slavoj Žižek）が紹介する、フロイト（Sigmund Freud）についての不気味な逸話に纏わる解説を見てみよう。

> 　フロイトはある夏の休暇中に、シュコチャン洞窟という、スロヴェニア南部にある壮大な地下洞窟群を訪れた――地下洞窟へと降りてゆくことが、フロイトにとってはどれ程無意識の冥府に入り込むことを暗示しているかはよく知られている。人を魅了するようなこの暗黒の宇宙を散策していたその最中に、フロイトは不快な驚きに直面して青ざめた。仄暗い地の底で彼の眼前に立っていたのは、この洞窟のもう一人の訪問者であるカール・リューガー博士、ウィーン市長にしてキリスト教右派の扇動的人民主義者《ポピュリスト》であり、悪名高き反ユダヤ主義者だった。…ここで見落とさない様に留意すべきは、リューガー［*Lueger*］という市長の名に関する言葉遊びである。言うまでもなく、この語はドイツ語では直ちにドイツ語のリューゲ［*Lüge*］、即ち嘘を思い起こさせる。［フロイトとリューガーとの］この偶然の邂逅は、フロイトの教えの根本的な真実を彼自身のために上演しているかの様だ。

それは、我々の人格のずっと奥底まで分け入れば真の自我が発見できるし、その真の自我に対して我々が心を開かねばならない——即ち、自分を自由に表現しなければならない、という蒙昧主義的なニューエイジのアプローチが隠蔽しようとする真実である。しかしながら実際には全く逆で、我々が自身の人格の深奥にある核の内に見出すのは、根本的で自我の本質を成す原初の嘘［*the proton psuedos*］である。それは我々が暮らしている象徴秩序の辻褄の合わなさを隠蔽しようとする際に用いられる、幻想の構築物なのだ。（Žižek 1）

フロイトが地下洞窟の奥底で出会った胸が悪くなる様な「嘘」は、ジジェクによれば、「［伝説上の旧南部の］根源を成す原初の嘘、始原となる嘘」であり、それによって我々の「象徴界の辻褄の合わなさを隠蔽しようとする際に用いられる幻想の構築物」である。それは「旧南部」という伝説的な神話——白人貴族階級の風雅で誇りと栄誉に満ちた過去の記憶——の核を成す嘘、即ち白人の主人と黒人召使との人種を越えた「麗しい絆」であり、同時にその嘘が嘘であることを知る瞬間が、南北戦争を経て喪われた「南部」のノスタルジックな幻想が毀たれる瞬間である。正にこれこそが、『風と共に去りぬ』が隠し通そうと試み、『アブサロム・アブサロム！』が暴かざるを得なかった、旧南部の奥底に眠る欲望である。断言すれば、両作品における根本的な違いは間人種的な性的欲望に対する視線のあり方、そのジェンダー的差異である。白人男性が白人女性に向ける欲望の視線——それは『風と共に去りぬ』の最終章で、スカーレットがレットに対する自分の愛情を自覚する際に皮肉な形で成就するのだが——を、女性の立場から描いてみせたのが前者の特徴であったとすれば、後者は男性の語り手が、間人種的な性的欲望を否応なく自身の内に見出す瞬間で幕を閉じる。従って、一九三六年にこの二作がほぼ同時に刊行されたことは、現実の南部を見舞った二度目の死に対する二つの身振り——それを隠すことで旧南部の伝説という亡霊を永らえさせようとする必死の試みと、正にそれを通じて南部の亡霊が亡霊に過ぎないことを暴き出す自己破壊的な探究の結果——を表している。両作品は共に旧南部の価値観の相対化を通じて旧南部の理想を体現するという離れ業を演じつつ、二度目の死を迎えつつある南部を、各々のやり方で看取ろうとしている。耄碌した父ジェラルドが、感情激発の余り自殺も同然の死を遂げた時、スカーレットは彼を南部紳士の鑑として葬った。だがクェンティンは、サトペン家の最後の嗣子ヘンリーが、黒人異母姉のクライティの手に掛かって彼女共々炎の中に消えてゆくのに、成す術もなかった。いずれが望ましいのかはともかく、南部がこの後、幻想の旧南部を巡る郷愁漂うユートピア的トポスから、公民権運動に至る激しい人種的・政治的闘争の場へと変容していったのは、歴史的事実である。

引用文献

Baudrillard, Jean. *Simulacra and Simulation*. Trans. Sheila Faria Glaser. Ann Arbor: U of Michigan P, 1994.

Cash, W. J. *The Mind of the South*. 1941. New York: Vintage, 1990.

Faulkner, William. *Absalom, Absalom!* 1936. New York: Vintage, 1991.

——. *The Sound and the Fury*. 1929. New York: Vintage, 1991.

Godden, Richard. *Fiction of Labor: William Faulkner and the South's Long Revolution*. Cambridge: Cambridge UP, 1997.

——. *William Faulkner: An Economy of Complex Words*. Princeton: Princeton UP, 2007.

Hanson, Elizabeth I. *Margaret Mitchell*. Twayne's United States Authors Ser. 566. Boston: Twayne, 1991.

Mitchell, Margaret. *Gone with the Wind*. London: MacMillan, 1936.

Randall, Alice. T*he Wind Done Gone*. Boston: Houghton Mifflin, 2001.

Said, Edward W. *Orientalism*. 1978. New York: Vintage, 1979.

Taylor, Helen. *Scarlett's Women*: Gone with the Wind *and its Female Fans*. London: Virago, 1989.

Twain, Mark. *The Adventures of Huckleberry Finn*. 1884. Harmondsworth: Penguin, 1966.

Warren, Robert Penn. *The Legacy of the Civil War. Lincoln*. 1961. U of Nebraska P, 1998. Electronic.

Williamson, Joel. William Faulkner and History. New York: Oxford UP, 1993.

Žižek, Slavoj. *The Indivisible Remainder: An Essay on Schelling and related Matters*. London: Verso, 1996.

上演される母親の欲望
――女性の読書と社会的逸脱行為の行方――

細川 美苗

一 序論

アリス・マンローはカナダ人として初めて二〇一三年にノーベル文学賞を受賞した作家である。女性としては十三人目の受賞であった。「短篇の名手である」（小竹 384）ことがその受賞理由であったが、本稿で主に扱う「砂利」（'Gravel'）が収録された『ディア・ライフ』（*Dear Life* 2012）も、十四編の作品を収録した短編集である。マンローは病気がちな母に代わって十二歳のころから家事をこなし、二十二歳で母親となり四人の子供を出産し、育児の傍ら作家として活動した。「子供たちを昼寝させているあいだにタイプライターに向かい、掃除洗濯をしながら物語の構想を練り、さまざまな世代のさまざまな女たちの人生を主な素材として、ひたすら短篇という形式を磨き上げてきた」作家である。（小竹 385）そのような作家の創作過程を反映するかのように、女性の生き方にまつわる物語が多く、本論においても小説に描かれた女性、特に母親の生きざまに注目する。

家庭的で身近な出来事を描くマンローの作品であるが、その内容は幸福で温かみのある家庭の物語というよりは、平凡な生活の中に潜む抑圧された秘密とドラマを描いて見せることで、日常に浮上する不気味な瞬間を垣間見せるものである。そのような点から、マンローは「現代におけるイングリッシュ－カナディアン・ゴシック・ライティングにおける主要な人物である」と目されている。（Howells 105）カナディアン・ゴシックの一つの特色は、小説が与える不気味な印象が、「国としてのアイデンティティーと歴史に関わる不安」、つまり「ここはどこなのか、そして我々は誰なのか」という疑問が導く不安と関わっている点である。（Howells 106）カナダにおける多文化主義においては、揺るぎないナショナル・アイデンティティーの形成が困難であり、アイデンティティーに関わる上記の疑問に対する答えが不在であることが、カナディアン・ゴシックを生み出す一つの要因となっているといえるだろう。

伝統的な女性作家によるゴシック小説のプロットの一つとして、アン・ラドクリフ（Ann Radcliffe 1764-1823）の『イタリアの惨劇』（*The Italian* 1797）に描かれるような秘密の暴露と償いの物語があげられる。そのような筋においては、「過去と現在の繋がりを発見する過程を通して秘密が明るみに出た場合にのみ・・・過去の重圧から逃れられる」（Williams 171）のであり、物語で生じた混乱の終息と秩序の回復を導くことができる。「砂利」は語り手の姉が幼くして水たまりに飛び込み亡くなった際の記憶をめぐる物語である。語り手はその記憶に悩まされ、姉の行動の動機を理解しようと試みる。しかし、語り手が繰り返し見る夢の中で、姉は水たまりに向かって飛び上がったままであり、姉が着水した音を待ちわびる語り手の耳にその音はいつまでも響かない。姉は飛び上がったまま、いわば「宙吊り」の状態で語り手の意識に固着し、語り手の発した疑問は答えられないまま物語は閉じられている。語り手の記憶の中で永遠に着水しない姉、姉の死に関して答えられない問いといった宙吊り状態において、結末や答えが不在であるということが、秩序の回復を持って結末を迎える伝統的なゴシック小説とは異なる「砂利」の特色であり、主要なテーマの一つとなっている。この物語がきわめて不気味な印象を与えるのは、姉の死の動機を理解できない語り手が姉の死の謎から最後まで逃れることはできず、読者にとっても空中へ舞い上がった少女の亡霊が消えぬままの状態で物語が閉じてしまうからであろう。

すでに亡くなっていながら、語り手の記憶の中ではいまだ着水しない姉をめぐって過去を回想しつづける物語が不気味なものであることは言うまでもないが、その不気味さは語り手のアイデンティティーの不在によって一層際立っている。読者は不気味な物語を語る語り手の人物像を把握することはできない。語り手は自身のことを多く語らず、その名前や性別は読者には明かされない。また、語り手の両親も父、母と呼ばれており、彼らの名前が示されることはない。姉の死がなぜ起こったのかという答えられない疑問が、語り手のアイデンティティーの形成を阻害しているようにも見える。語り手の人物像が把握できないことで、なぜ起きたのか分からない少女の死の物語が、どことも特定できない場所から聞こえてくるという不気味な状況に読者は置かれることになる。この不気味な物語は、町に劇団がやってきたことを契機に始まり、ストーリーは演劇のモチーフを軸に展開する。演劇は不在の事物を上演するのであり、それが虚構である点は見ている側においても了解されている。その意味で演劇のモチーフは、物語の主要なテーマである不在性を際立たせているといえる。

語り手は、時間を持て余した専業主婦を母に持ち、姉カーロ（Caro）と共に平凡な生活を送っていた。ある日、劇団が町にやって来て、母親がニール（Neal）という劇団員と関係を持つことによって、子供たちの日常は変化する。母親はニールと同居するために、子供たちを連れて父親の家を後にして、町はずれに停めてあるトレーラーで生活を始める。やがてトレーラーの脇にあった穴に雪解け水が流れ込み、語り手の姉カーロがそこで溺死するという筋である。物語は母親の情事に端を発する非日常への逃避が、幼い娘の死へと向かう悲劇である。退屈な日常から演劇をモチーフとする文字通り劇的な生活への母親の移動は、そのモチーフが必然的にはらむ一時的で非現実の場への移動である。小説において女性が退屈しのぎに求める幻想は、母親の欲望が導く社会的逸脱行為とその着地点をめぐる社会批判の役割を果たすようになる。

本論では、小説中で否定的な意味合いを帯びる劇的空間において演じられる女性の生き方から、二十世紀半ばに女性が置かれた社会状況と彼女らが持つ欲望に注目して小説を解釈したい。一九九八年に発表されたマンローの『善き女の愛』（*The Love of A Good Woman*）に収録されている「子供たちは渡さない」（'The Children Stay'）においても類似したモチーフを見出すことができる。両作品における母親の欲望の扱いを比較し、二十世紀末から十年以上の期間のうちに、マンローの小説における母親像にいかなる変化が現れるのかも併せて考察したい。

二　母親の欲望

「砂利」において描かれる母親像は、二十世紀半ばのカナダ、あるいは北米における中産階級の女性に課された社会的制約と女性の欲望の狭間で、より自由に、欲望の赴くままに生きようと試みた人物である。伝統的に女性に課された二つの像、つまり献身的な良き母や妻である理想的な女性像と、放埓ゆえに社会的には望ましくないとされる女性像の狭間で揺れ動いた存在である。

母親は町にやって来た劇団の一員であるニールと恋仲になる。その劇団の町への到来に関しては、良からぬ輩（riffraff）が風紀を乱すと眉をしかめるものと、芸術との接触を歓迎するものとで賛否両論の状態であった。語り手の両親は進歩的な考えの持ち主で、時間的な余裕のある母親は募金や案内係を請け負うなどして、積極的に劇団運営に関わってゆく。夫を裏切り、中流家庭の平凡な主婦が持つと期待される価値観を捨て去り、流れ者であるニールとの関係に走る母親の変容は、社会的な制約を脱ぎ去って自然（wild）な状態へ至る変化として描かれている。その様子は以下の引用に見られるように、平凡な主婦から女優への転身であり、社会が女性に課す制約や世間体といったものから解き放たれた自然な姿への移行として描写されている。「母は美人で女優だと思われるほど若かった。そしてまた、女優のような衣服を身につけ始めさえした。肩掛けや丈の長いスカート、首から長くぶら下がるネックレス。髪の毛は手入れをせず、化粧はやめてしまった。」（93）母親の変化は「劇」「芝居」というキーワードで語られていることに注目したい。演劇は役者が演ずるものと、役者本来のアイデンティティーの乖離を前提としているのだから、演者となった母親の変化は本質的なものではないと考えられる。

ほどなくして母親は妊娠している子はニールの子であると夫に告げ、語り手とその姉のカーロを連れて家を出て行く。母親は何の不自由もないけれど退屈な家庭と保守的で面白味のない(106)夫から逃げ出し、憧れの野性的な生活へ飛び込むつもりでいる。社会的な制約からの解放は、町の中にある家から、町はずれに停められたトレーラー生活へという地理的な移動を伴っている。語り手の姉カーロはトレーラーから学校に通っており、その場所が完全に社会から隔絶されているわけではないが、狼がうろつくと母親が考えたほどには人間社会の周縁に位置しており、社会的制約を逃れた野性や自然といった領域に近接した場である。

母親の移動は、妻と子供たちとして父権社会の庇護下におかれた生活からの逃亡であり、野性との境界域における不安定で危険な生活への移行である。語り手の父親は保険外交員であり、事故や災害に際して備えることを目的とする彼の生業は彼の堅実で頼りになる面をあらわしており、彼は物語を通じて好ましい人物として描かれている。退屈である以外に文句のつけようのない、一般的には望ましいものと思える家庭生活を捨てて母親が夫の家を出る様は、以下のように示されている。

母は荷物を鞄に詰め込んで、ニールが町はずれで見つけたトレーラーで彼と一緒に住むために私たちを連れて行った。・・・生きていることを実感したとも母は言った。おそらく、人生の中で初めて、本当に生きていると実感したのだと。チャンスを与えられたように思い、母は人生を最初からやり直したのだ。銀や陶器の食器類、家の内装計画、花の咲き誇る庭、そして本棚の本さえも捨てて母は出て行ってしまった。本を閉じて、今度こそ母は実際に生きるつもりだ。衣服は戸棚に掛ったまま、ハイヒールはその保存箱に入れたまま彼女は去った。ダイヤモンドのついた指輪と結婚指輪は化粧ダンスの上に。絹の夜着は引き出しに。母は少なくとも気候が暖かい間はしばらく裸で歩き回る気でいた。(94)

調度品の揃った庭付きの家に象徴される安定した生活を捨て、流動的で不安定なトレーラー生活の中で裸で歩き回ろうとする母親の意志は、家庭の天使として家族に献身する主婦とは正反対の、社会的制約に囚われずに欲望の赴くままに生きる自由な女性を標榜するものである。平凡だが生を保証された退屈な日常から、死の危険をはらんだ野性的で欲望をあらわにした場へ母子は向かったといえる。

上記の引用で母親が本棚の本さえとも決別して新しい人生を歩む決意をしたとわざわざ述べられている点は、彼女が読書家であったことを強調している。実際トレーラー生活で彼女は再び読書にふけり始める。「母親が読書をやめた期間はほんのわずかな期間であった」(98)と語り手は回想しており、時間を持て余した平凡な主婦である母親が、読書にふける習慣を持っていたことが強く印象付けられる。以下に示すように、女性と読書に関する十八世紀後期以降の考えを参照すれば、余暇に読書をする女性が社会規範を逸脱することは、典型的な物語の筋なのである。

本の中に描かれていることと現実を区別できずに、読書から得た知識に基づき行動することで周囲に迷惑を及ぼす主人公を描いたシャーロット・レノックス（Charlotte Lennox 1730-1804）の『女キホーテ、またはアラベラの冒険』（*The Female Quixote; or, The Adventures of Arabella* 1752 以降『女キホーテ』）は、以降散見される同様の女性主人公の典型を作り出した。『女キホーテ』の主人公アラベラ（Arabella）は、母親を亡くし、田舎で父親によって孤独に育てられたため、フランス・ロマンス小説を読み漁り、物語を事実であると思い込んで成長し、自身の人生も物語同様に波乱に満ちたものであると期待する。自らの置かれた状況をロマンスのコードで解釈するアラベラは、常人には理解できない奇行を繰り返し、ロマンス特有の言動を真似ることでアラベラの好意を得て、その財産を奪おうとする者に遭遇したりする。波乱に満ちた冒険の後、暴漢に襲われそうになったという勘違いのもと川に飛び込み衰弱したアラベラは、医者により理性的な現実認識枠を与えられ幸福な結婚を果たす。マータ・ヴァンデ（Marta Kvande）によれば、これはセルバンテス（Miguel de Cervantes Saavedra 1547-1616）の『ドン・キホーテ』（*Don Quixote* 1605, 1615）をモデルにし、「読書から得た妄想をもとに常軌を逸脱した行動をする女性という文学的装置を用いた」作品の一つなのである。（Kvande 219）

『女キホーテ』に続くロマン主義時代における感傷小説の流行も、読書が女性に与える悪影響という考えに拍車をかけた。感傷小説が理性に対する感情の優位を描くことによって、社会的逸脱行為、特に恋愛における女性の社会規範の逸脱を助長するという考えが定着した。イギリスにおける感傷小説の流行の一端を担ったジャン＝ジャック・ルソー（Jean-Jacques Rousseau 1712-1778）による『新エロイーズ』（*Julie ou La Nouvelle Heloise*, 1761）において理想化される行動は、法律や伝統、社会規範にのっとるのではなく、情熱や衝動、感受性に基づいたものである。結婚相手の選択に際して父権に逆らう娘の反抗は、保守的な見方をする者にとっては旧制度への反乱であり、貴族と平民の結婚は階級制度の混乱を意味し、既婚女性の情事は社会秩序の破壊を意味した（鈴木 67-68）。このような女性の反抗は理性の力で正され、娘は父親の容認する相手と結婚する円満な結末を迎えるか、そうでなければ主人公は堕落の路をたどり社会的地位を失うのが一般的な筋である。つまり、娘か妻かの二者択一のなかで父権の保護下に留まるのが女性にとって好ましい道であり、そこからの逸脱は許されないのである。

「砂利」における母親の行動は、読書で培われた空想を実現しようと試みる女の一例ととらえることができるが、彼女の過ちは正されることなく、幸福な成長物語とはならない。主婦であった彼女が本に描かれた世界しか知らない世間知らずであった点は、本を捨てて今度こそ本当の意味で生きるのだと言う彼女の決意に現れている。したがって、彼女の行動の枠組みは読書から得られたものであり、現実的なものではない。野性的な生活を志す母親の試みは、周囲の人間から称賛されたり羨望を受けたりすることはない。そればかりか、母親が後にした社会が淡々と日常に戻るさまが描かれることで、彼女の試みが新しい人生をもたらすのではなく、社会的抹殺状態に彼女を追いこむ顚末が描かれている。母親が出て行ったあと父親が仕事に戻る様は、次の短い二文で示されている。「父は泣くのをやめた。彼は仕事に戻らなければならなかった。」(94) 現実的な父親には、母親の空想に同調する感受性も時間もないということが分かる。また、以下の引用からわかるように、彼女がトレーラー生活において実際に裸で歩き回った際には、その行動は娘から嫌悪され、ニールからさえも賛同を得ない。「その計画は成功しなかった。母がそれを試みた時にはカーロは自分の寝床に隠れてしまったし、ニールでさえもが素敵な考えとは思えないと言ったのだ。」(94) 裸で歩き回るという行為において、母親は少なくともニールを魅了するつもりだっただろう。これは、母親という存在においては抑圧されるべきであった性的な女性としての側面を解き放つ試みであったが、成功しなかったといえる。母親はこの時点では気づいていないが、彼女が夢想していた、ニールや周囲の人々が彼女に向ける欲望は不在なのである。彼女を魅惑した新しい人生は、彼女を引き付けたのと同じように周囲の羨望をあおり、理想的女性、欲望される者としての自身を誕生させると期待されていたが、そのような試みはことごとく失敗に終わる。

以下の引用において家出の顚末を嬉々として吹聴する母親の姿は、ロマンスにおいて世間知らずな娘が勇ましく世俗に飛び込む姿を反映している。

　母はそのことを話したがった。「わたしたちはガソリンスタンドの道の外れにある、古い砂利採掘場の穴のそばに住んでいるのよ」と。母は人にそう話して笑った。というのも以前の生活、家とその界隈――夫――に関わるすべてを捨て去ったことに、母はとても幸福だったから。（91）

虚しく響く笑い声と共に母親が幸福だったと述べる語り手は、母親に連れ出された自身も幸福であったとは述べていない。語り手の冷ややかな視線は、ロマンスに描かれるような非現実的な欲望の成就を夢想する母親の幸福感が周囲の共感を得ることはなく、近い未来に頓挫することを示唆している。母親の声に応答する者が描かれていない点は、娘の死に至る彼女の無鉄砲な行動に対する周囲の無言の批判となり、母親の行動を称賛する気にならない読者は、母親に同調しない語り手、また彼女の声に応答しない物語の中の声なき聴衆の位置に滑り込むこととなる。

　野性的（wild）な女という母親の素振りに目を向けるものはおらず、女優としての彼女の振る舞いを見る観客は不在である。芝居は役者に向けられる視線を前提としており、彼女はやがて仮面を捨てて舞台を降り普通の母親へ戻るより他ない。

　事実と言えば、私たちはこの二つの事柄を関連付けて考えてはいなかったかもしれないが、母の妊娠が進むにつれて、彼女の振る舞いは徐々に平凡な母親のそれへと戻っていった。

少なくとも、寒くないのにつけさせられる襟巻やきちんとした三度の食事などという事がらにおいては。秋にみられたほどには、母は野性的な生き方の支持者であることを表明しなくなった。（101）

母親の野性的な生き方をしたいという情熱は徐々に冷めていく。子の誕生が近づくことが母親に分別を取り戻させる要因となる点は興味深いところである。子供を産み育てることは、母親が欲望を追い求める事と反対のベクトルを持つものとされているからだ。これは、女性の性的逸脱行為に関する社会的忌諱は、多分に女性が出産する事に起因するということを示唆している。つまり、正当な相続権の確保は、女性の性行動を厳しく規制することの上に成り立っているからだ。また、相続権を持つ子を守り育てること以外に女性の注意が向けるべきではないという考えも、健全な相続を保証したい父権社会が要請する母親の欲望の抑圧なのである。

子に対する責任と社会的制約を逸脱した母親の欲望が両立しない感情である点は、母親が狼と遭遇するエピソードにも表れている。町はずれでトレーラー生活をする母親は、ある日狼と遭遇した。これは実はただの犬であったと語り手は記憶しているが、母親はそれを狼と認識した。これは、社会的な制約を逃れた場における野性が含意する危険を母親が認識した瞬間であるといえる。自然状態の危険を排除して営まれる社会の埒外にある野性性に含意された危険を認識した母は、即座に「母親らしい」行動を取り戻す。彼女は長女カーロが通う学校へ電話し、娘をトレーラーの戸口までスクールバスで送るように依頼する。母親はまた、オオカミから命を守るために銃を所持してほしいとニールに懇願する。しかし、社会規範の統治下を離れた彼女のそのような要請は、どちらも聞き入れられない。

この一件で、野性的なものに対する憧れを失い、親としての責任に目覚めた母親は、自分と子を守るために銃を所持する「父親らしい」姿をニールに求めた。銃は社会の安全を脅かす動物や無法者からの防衛手段である。母親は、自らを危険に満ちた町はずれの不安定な生活へと誘い出したニールに保護者らしく変化するように求め、彼女たちが本来属していた社会へ帰属しようと誘うのである。しかし、母親の読書に端を発する欲望が作り出す幻想ともいえるニールは、退屈な現実から読者を救い出す小説の主人公と同じく実体を欠いた者であり、母親の現実への回帰を求める要求に従うはずはない。

三　欲望の対象

ニールは流れ者で、保険代行業者であり留守がちであった（93）父親とは正反対の人物である。父親は家族を養うために仕事一筋に生きた堅実な男性であったと認められる。再婚後も、ニールの子であるとされるブレント（Brent）に対して実子と分け隔てなく接するなど（106）、誠実な人間として語られている。よき父であり夫である姿はニールと好対照をなす。この節では演劇のモチーフによって強調されるニールの実体の欠如、虚構性を明らかにしたい。

彼が劇団員として物語に登場することはすでに述べたが、彼が実際に俳優であったのかは疑わしい。一旦彼は俳優であると紹介されるものの(92)、すぐさま実はそうではないと明言される。(94)彼は生業として俳優をしているわけではなく、他にすることもなく、偶然出会った友人に同行した結果、劇団で夏の間の仕事を得たのであった。また、彼はかつて大学時代にオディプス劇でコロスの一員をしたことがあり、それが「自己を引き渡し、他人とまじりあう点で気に入っていた」(95)と述べている。自己と他者の境界の消滅によって自己のアイデンティティーを滅し、他者と同化する事を好むニールの擬態性が読み取れる。彼が役者の仕事を得たとき、同行した友人たちは仕事を得ることはできなかった。このエピソードが示すのは、彼は自分以外の人が得るかもしれなかった役割を引き受ける人物であり、他人のアイデンティティーを演ずる者であるということだ。さらに、彼が語り手と出会った夏の仕事で引き受けたのはバンクォー(Banquo)の役である。バンクォーはシェイクスピア(William Shakespeare 1564-1616)による劇『マクベス』(‘Macbeth’)において、主人公マクベスに殺害された後に亡霊として現れる人物である。その仕事をニールが得たのは、以下の引用に見られるように、彼の体の大きさのみによるものであった。「バンクォーの亡霊は、見えるものとして演出される場合と、そうでない場合がある。今回は見えるという脚色であり、ニールはぴったりの体格であった。申し分ない背格好。本物の目に見える亡霊。」(95)体躯のみ有用なニールの役どころは、魂や実体を欠いた空洞の亡霊である。また、どこからともなく現れては消えてゆく物語内でのニールの行動からは、彼自身が実体を持ち合わせない空虚な存在であることも分かる。彼は亡霊がそうであるように、そこに実体がないこと、不在を示す記号だといえる。

このようなニールのありようは、母親と語り手に次第に認識されてゆく。以下は母親と語り手が雪だるまを作り、それをニールに見立てるエピソードである。

その冬雪が降るとすぐ母と私は雪だるまを作り、母は私に「これをニールと呼ぶことにしない」と言った。・・・そして彼の車が戻ってきたら家から走り出して、「ニールだ、ニールだ！」と言いながら雪だるまを指さすことに決めた。私はその通りに実行したが、ニールは車から飛び出し、私をひいてしまうところだったと怒鳴った。

これがニールが父親らしく振る舞った（act）数少ない出来事の一つだ。（96）

雪だるまはどのような形にでもなり時がたてば消滅する。それをニールと名付けることは、彼が実体を欠いた者であることを母親らが認識したこと示唆する。上記の引用で、語り手の命が脅かされたことに立腹するニールだが、その父親らしい振る舞いも演じているものなのだと言う語り手の洞察は、彼の行動を「演ずる」という意味を持つ“act”という語で表現している点に示されている。このニールに例えられた雪だるまはしだいに溶けてなくなり、その雪解け水は姉カーロの命を奪う水たまりとなる。

ニールという者は実体を欠いた表面のみの役であり、物語においてはそこに無があることを示す記号なのだ。彼の行動の軽薄さは、彼の存在の空虚さを映し出しているかのようである。以下がカーロの溺死にあたりニールがとった行動である。

ニールは葬儀の価値など認めていなかったので、カーロのそれにも参列しなかった。彼はブレントに一目会うことも無かった。彼は手紙を残し——ずっとあとになって知ったことだけれど—そこには、彼は父親を演ずるつもりは無いのだから、最初から退場するほうが良いのだと書いてあった。(105)

ニール自身も「演ずる」や「退場する」といった演劇用語を使い自身の行動を説明している点は注目に値する。一連の騒動は、夏にやって来た劇団がもたらすお祭り騒ぎの非日常の延長であり、「他に特にやることのない」(95) ニールが偶然手に入れた幽霊の役に、母親が読書で培った非日常への憧れを投影した結果である。ニールは自身のアイデンティティーを形成しうる葬儀といった社会儀礼や、子の誕生といった現実に居合わせることができない者なのである。妊娠の進行に伴い親としての自覚を取り戻してゆく母親が非現実的な空想を振り払うのと並行して、ニールは消えてゆく。母親の空想的な欲望に同調したニールであったが、彼女と共に現実的な生活に戻ろうという意思は全く持ち合わせていないのだ。日常の退屈を紛らわせたいという欲望を満たすための虚構の上演が終われば、役者は退場してゆくのだといえる。

四　母親とカーロと犬

この節では、退屈しのぎの空想が作り出す幻想へ吸い寄せられる女性という観点から、母親と溺死した長女カーロの関係について、一家がトレーラーに引っ越す際に彼らに同行したブリッツィーという雌犬を中心に考察したい。母親とブリッツィーが奇妙な類似を示しているためである。以下はトレーラーへ引っ越した際のブリッツィーの様子である。

私たちがトレーラーへ引っ越したのは夏の事だった。飼っていた犬も一緒だった。ブリッツィーだ。「ブリッツィーはここが大好きなのよ」と母は言い、それは本当だった。大きく開けた田舎よりも、たとえ大きな芝生付きの邸宅が並ぶ通りであったとしても、町中の通りの方を好む犬など居るだろうか。彼女はまるで道路の主であるかのように、通り過ぎる車にいちいち吠えた。(92)

町はずれのトレーラーに引っ越した事を嬉々として吹聴する母親同様、犬も自然の中での新しい生活を喜ぶ気持ちを表現するかのように、通り過ぎる車にほえたてている。

母親がトレーラー生活中に裸で歩き回り野性的な生き方を誇示した際に、カーロが嫌悪感を示したことは前述した。自然の中で野生化したブリッツィーに対しても、カーロは同様の反応を示す。そして自然と人間の関係について、ニールとカーロの意見は衝突する。

しょっちゅうブリッツィーは殺したリスやウッドチャックを家に持ち帰った。当初カーロはこれにひどく動揺し、ニールは犬の性質や食物連鎖という命の鎖についてカーロに説明したものだった。

「ブリッツィーにはドッグフードがあるじゃない」とカーロは反論したが、ニールは「もしなかったら？もしいつか僕たちがみんないなくなってしまって、ブリッツィーが自分で食べ物を探さねばならなくなったらどうする？」

「わたしはそんなことしない」と、カーロは言った。「居なくなったりしないし、ずっとブリッツィーの面倒をみるんだから。」

「そうかな？」ニールは言い、彼の気をそらせるために母が会話に入って来た。(92)

母親の時と同様に、野性化するブリッツィーにも戸惑うカーロであるが、ここでブリッツィーが母親を象徴しているならば、上記の会話は母親についてのカーロとニールの意見の相違を示していると考えられる。カーロはブリッツィーが野生化したことを好んでおらず、ドッグフードに象徴されるような文明的な都市生活と愛玩動物として人間に養われる生活が好ましいと感じている。ここから、彼女は父親との生活を好んでおり、母親が家を出たことに否定的な意見を持っていたと推測できる。カーロは母親のようにすぐに新しい生活を満喫し始めたブリッツィーを、二度も父親の家にこっそりと連れ戻すという悪戯をしている。これは、本来なら彼女にとって不可能である母親の行動の修正を、代償的にブリッツィーに対して行ったのだと考えることができる。一方ニールの方は、ブリッツィーが終生扶養を受けられない可能性を示しており、一人で生きてゆく術を手に入れる必要性について述べている。これは母親の家出を肯定し自立の必要性を説くものであり、今後母子の生活を見捨てる彼の行動を暗示する。

ブリッツィーが母親に相等しいのであれば、カーロが溺死した砂利採掘場の穴へと語り手とカーロを導いたのがブリッツィーである点は、重要である。トレーラー脇の砂利採掘場の穴には雪解け水がたまり、カーロはかねてからそこで遊びたがっていた。

> 砂利採掘場の穴は溶けた雪や雨のせいでふちまで一杯に水がたまっていたので、スクールバスに乗るためにカーロはそのふちのまわりをぐるりと回らなければならなかった。それは小さな湖であり、青天の空の下では静かな湖面は輝いていた。カーロは、あまり期待せずに、その水たまりに入って遊んでも良いか母親に聞いてみた。（100）

母親は水たまりが深くて危険だという理由でカーロの頼みを断る一方で、夕暮れ時にニールと戯れるために子供たちをトレーラーの外へ締め出す。以下は締め出された子たちがブリッツィーに導かれて水たまりへ向かう場面である。

テレビが消されると、私とカーロは走り回って、母が言うには、新鮮な空気を吸うために、外へ出された。私たちは犬も連れて行った。
・・・カーロは何をしたいか私に尋ね、私は分らないと答えた。これは彼女の方では礼儀的に尋ねただけであり、私の答えは本心であった。私たちは犬を放ちそれについて行くことにした。そしてブリッツィーの思いつきは、行って砂利採掘した穴を見てみることだった。（101）

母親はカーロが池に入ることに興味を抱いていることを知りながら、子供たちに向けるべき注意をニールの方へそらしてしまう。そのような母親の欲望が扇動する危険を、ブリッツィーは体現しているのではないだろうか。カーロはこのまま穴にたまった雪解け水に溺れてしまう。
母親とブリッツィーの類似に加えて、カーロと母親の類似を指摘しておきたい。二人は母娘であり、語り手は「今思うと、カーロが一番母親に似ていると思う」（97）と述べ、二人の類似を示している。母娘の間には、退屈しのぎに共同体の権威に背き、危険な虚空へ吸い寄せられるという行動の共通点が確認できる。母親は退屈な生活に楽しみを見出すために、ニールに引き寄せられた。同様に、トレーラーから追い出されて暇を持て余したカーロは、母親の命令に背き水たまりへ吸い寄せられる。

カーロと母親を魅了した水たまりとニールとは類似したものである。ニールと同様に、水たまりも正体不明で実体を欠いた存在である。水たまりは雪や雨がたまる前は穴であった。砂利採掘場の穴であったと仮定されているが、実は何のための穴であったのかは分からない。以下の引用は、穴が正体不明であるという事が分るくだりである。

その頃、私たちは砂利採掘場の穴のそばに住んでいた。巨大な機械で掘ったような大きなものではなく、農夫が何年も前に少し小遣い稼ぎをしたのだろうくらいに思われる規模の、ほんの小さな穴。実際の所、それは砂利採掘ではなく、他の目的で掘られたのではないかと思えるほど浅いものだった。例えば、それ以上進まなかった家の建築の土台であるとか。(91)

家の土台であり得たかも知れないという説明は、当初ニールとその場所に住み始めた頃に母親が思い描いたかもしれない新しい家庭という未来の可能性を示しており、そのような可能性は未完で放置された点で、その穴は母子にとってのニールを暗示するものであろう。

穴は内実を書いた空虚であり、それがなんための穴であったかという経歴、いわばアイデンテイティーともいえるものが欠如している点で、ニールと共通点を持っている。穴とニールの類似は、ニールのとらえどころのない実体の欠如を考えるときに、有益な示唆を与えてくれる。つまり、何の意味も見いだせない虚空であった穴は、語り手の母親がニールと名付けた雪だるまから溶け出す水を湛えて水たまりとなる。何でもなかった穴は、母親がニールと呼ぶ対象、つまり彼女の読書に端を発する欲望で満たされることで、死を招く深淵と化すのである。

ニールを象徴的に示していると考えられる穴は、語り手による上記の説明ではその浅さが強調されているにも関わらず、カーロが抱く水たまりで戯れたいという欲望を知った母親は、その深さは見当がつかないほどのものであると感じている。以下は穴について母親とニール、カーロの三者が交わす会話である。

「きっと二十フィートくらいの深さよ」と母は言った。
「たぶん十くらいじゃないかな」とニール。
「ふちの所はそんな深さは無いよ」とカーロは言った。
母はそんなことは無いと言った。「急に深くなるの。浜辺で海に入るのとはぜんぜん違うんだから、まったく。近寄っちゃだめよ。」(100)

水たまりとニールの類似を考慮すれば、これは示唆に富む会話となる。すでに銃の所持を拒んだことによって、ニールは母を幻滅させてしまっている。自分の欲望の対象には実体がないことを察し、そのような空虚のために自分と子供達が安定した生活を失ったことを認識した母親は、ニールを象徴するその水たまりが娘を抗いがたく誘惑するゆえに、それを致命的な深遠とみているのだ。以下は銃の所持に関して母親とニールが口論となった後のくだりである。

彼らが交わした言葉は大体このような感じであったと思う。そしてニールは銃を所持する必要は無いということになった。私たちはあの狼を二度と見ることは無かった。もしあれが本当に狼だったとしての話だが。母は手紙を取りにポストまで行かなくなったように思う。そうするにはおなかが大きくなりすぎていたのかもしれないけれど。雪は魔法のように溶けてしまった。(99)

狼の登場で野性への憧れを失った母は、銃を持たないニールにも幻滅する。狼は二度と母親の目の前に現れず、雪は消え、ニールが母親のうちに書き立てた野性的な生き様への憧れも消えてしまう。魔術によるかのような雪の消滅は、母親の求めるものは実在しないことが自覚され、彼女の幻想が消滅した事を示しているのではないか。

五　母と娘

「砂利」においては、母の欲望と娘の死が主要なテーマとなっている。同じ主題は、「砂利」が収められた短編集の冒頭に収録された「日本へ届く」('To Reach Japan')においても取り上げられている。「日本へ届く」において母親の欲望は、子に対する義務ゆえに抑圧されるべきであり、欲望の赴くままに行動するのは罪であると断言されている。以下は「日本に届く」の中で、列車の中で寝ている娘ケイティ(Katy)を置き去り、車内で行きずりの男と関係を持った母親が後悔を示す部分である。母親が戻ると寝ていた娘は元の場所におらず、列車の車両連結部分に座り込んでおり、母親は子に向かうべき意識を他のところへと向けることは罪であったと、半ばあきらめたように悟る場面である。併せて、彼女が若いころから試みてきた詩作をも諦めねばならないと述べている。

そして今では、脳裏に浮かぶ一人ぼっちのケイティの姿、列車の連結部分で金属のぶつかり合う音が鳴り響く中に座り込むケイティの姿のせいで――それ[詩作]はもうひとつのもの、つまりケイティの母親である彼女が諦めねばならないもう一つのものであった。罪。彼女は他のところに注意を向けたのだ。心を決め、探し求める注意力を子供以外のものに。罪。(28)

「日本に届く」においては、罪の自覚を覚えた母親が娘を取り戻すことによって、一連の出来事は母親の責任についての結論を導いたようにみえる。しかし、夫以外の男性と再会し口づけする母親が娘の手を放してしまうという物語の結末は、そのような結論を回避しているのではないかと思う。母親としての義務と人間としての欲望の狭間で宙吊りとなる女性の問題は、置き去りにされてしまう。

母親が育児以外の事柄に意識を向けることに罪悪感を持ちつつも、自分の欲望を抑えることができないという葛藤は、マンローの作品の主要なテーマとなっている。シャンテル・ラヴォワ(Chantel Lavoie)の論は一九九八年に出版されたマンローの短編集『善き女の愛』に関するものであるが、その頃からすでにマンローの作品に、母親が育児にかかわる責任と女性としての欲望の間で引き裂かれる姿が描かれていたことが分かる。ラヴォワの論文の以下の部分は、本論にも関係が深い。

> 子供に対する愛情が不十分になる主な理由は、父親以外の男性へ向かう欲望が原因である。マンローが描く母親像の多くは愛する男性を切望し、その男性と関係を持つことは彼女を子供たち、つまり以前の愛情関係の産物から遠ざける結果となる。これらの女性はロマンティックな愛を求めて飛び立つこと、もしくは家庭におけるそのような愛情の欠如から逃げ出すために大きな労力を使い、子供たちの幸福や安心感ときには安全を蔑ろにする。・・・

アリストテレスの「人間」の定義（その中に「女」も含まれる）は、理性を持った動物である。マンローの小説において、セックスを求め、実行し、それがもたらす結果に苦しむ女性の身体は動物的でありかつ、動物的側面が理性的側面を上回った場合には、怪物的なものとなる。(Lavoie 71)

マンローの作品においては、母親の育児に関する責任とロマンティックな欲望は両立しないものなのであり、マンローはそのような状況から生じる母親の苦悩を描き続けているのだ。「砂利」においても同様のテーマが見られることは上述した通りである。

『善き女の愛』には、「砂利」と酷似した物語が収録されている。「子供たちは渡さない」と題された物語では、平凡な主婦だったポーリーン (Pauline) が劇団を指揮するジェフリー (Jeffrey) に誘われ「ユリディス」('Eurydice') という芝居で主人公を演じる。彼女はジェフェリーとの情事にのめりこみ、家を捨てて子供を手放す羽目に陥る。ジェフェリーは「砂利」に登場するニールと同様に定職がない反体制派で、ポーリーンを駆け落ちに誘い出すが、二人の関係は一時的なものに終わりポーリーンは一人残される。

「砂利」同様に、「子供たちは渡さない」においても母親ポーリーンは読書家で、暇を持て余す主婦が読書において欲望を募らせる様子が見られる。繰り返すモチーフは、母親の欲望の社会的実現性に関するマンローの一貫した関心の高さを示している。「子供たちは渡さない」において、読書と女性の社会的逸脱行為の関係は、「砂利」においてよりも明白に述べられている。ポーリーンが情事に向かう経緯はこのように説明されている。「彼女の行いは、それまで彼女が耳にしたり本で読んだりしたことだったのだろう。アンナ・カレーニナがやったことであり、ボヴァリー夫人が望んだことだ。」（207）また、「砂利」においては、母親が父親を捨てて選んだ対象が不安定で実体のない空虚な存在であったことは、ニールの描写や穴とそこへ流れ込む雪解け水などで象徴的に描かれていたが、「子供たちは渡さない」の以下の部分においては、母親の選んだ道が実体を欠いた幻想であることがより明確に述べられている。「幻想を追い求めるのは、流動的な不安定性を選択する事であり、そのような選択は地表にぶちまけられればすぐにしっかりと凝固し、それは打ち消すことのできない状態となった。」（212）女性が読書で培う欲望が現実的には成就しえない幻想であり、そのよう欲望を現実に追求した場合には、直ちに取り返しのつかない結果となって表れることが示されている。

「子供たちは渡さない」においては、母親の選択は厳しく罰せられている。母親は自分の行動の結果を生涯消えない痛みとして背負わねばならず、取り返しのつかない痛みになれるよりほかはないことが、次のように述べられている。

これは鋭い痛みだ。慢性的なものになる。慢性的というのは永続的なものになるということだが、たぶん絶えずというわけではないのかもしれない。そして、その痛みのせいで死なないということでもあるのかもしれない。痛みから解放されることはないだろう、でもそのせいで死んだりはしない。・・・それでもやはり、なんという痛みだろう。抱え込んで、慣れていって、しまいにはそれは彼女の嘆くただの過去になり、可能性のある現在ではなくなるのだ。(213)

母親の罪は物語内で罰を受け、彼女の幸せな未来は閉ざされている。

『ディア・ライフ』は二〇一二年に発表された書籍であり、母親の子に対する責任に関して、『善き女の愛』より寛大な判断を示しているように思える。それは、母親としての責任以外のことに気持ちを向ける女性の欲望を許容しているようであるからだ。母親としての責任については認めるものの、女性に母親である以外の側面を認め、子供以外の事柄に目を向けることも容認しているようである。

上述したように、「日本に届く」においては子供から目を離した母親はそのことを罪だと明言する一方、物語は母親が夫以外の男性と再会し娘の手を放してしまう場面で終わる。「砂利」においては、母親の後悔は描かれてもいない。「砂利」の語り手が母親本人でないこともあり、母親の内面はほとんど描かれておらず、カーロの死後の母親の人生は不明である。母親がカーロの死をひどく悲しんだ様子や彼女の後悔を描いたならば、母親の行動は罪であり、彼女は罰を受けたと解釈ができるだろう。しかし、そのような解釈を促すような事柄は物語には描かれておらず、自らの欲望に突き動かされた女性の姿だけに焦点があてられている。このように、ある事件の結末、物語の落ちといえるものが不在である点が、「砂利」の不気味さを一層際立たせていることは、冒頭で指摘した通りである。

このような女性の欲望とその結末の不在についての物語が、演劇のテーマを中心に語られるのは興味深いことである。カーロを姉に持つ語り手は、登場人物というよりは、完全な視点としての機能しか担っていない。語り手はカーロの飛び込みを傍観し、目の前で起きている出来事をまさに観劇という視点でとらえている。以下はカーロが池に飛び込んだ際の語り手の心情である。「私は待っていた、おそらく、カーロの戯曲の次の幕を。もしくは、劇の主人公は犬だったのだろうか。」(103) つまりこの物語は、全体が演劇のモチーフで構成されており、演劇とは不在の事物を演じてみせることなのである。「砂利」において上演されているのは、母親の欲望であり、父権社会においては存在しないとされているものである。これは、現実社会においては不可視化されている母親の欲望を、演劇のモチーフを用いることによって可視化する試みであるといえる。しかし、そこで可視化された母親の読書に端を発する欲望と社会規範の逸脱は、十八世紀小説のように結婚を経て父権社会に馴致されてはいかない。これは、「砂利」が女性の社会的逸脱行為を描きつつも、最終的には保守的な価値観の継続を支持していないことを示唆するのではないだろうか。

それでは、解き放たれた女性の欲望を見せつけることには、どのような意義があるのだろうか。

権威に背く女としての母親とカーロの類似はすでに述べた。姉の飛び込みの記憶に悩まされる語り手は、水たまりに向かって飛び上がった姉と犬が着水する音を待ち続けているが、その音は耳に響かない。つまり、この物語において示されているのは、父権社会において抑圧されるべきであるとされ、存在しないとされる欲望に突き動かされて虚空へ向かって飛び上がった女が、着地点としての結末を見つけることができないということなのである。一方で、語り手と視点を共有する読者は、飛び上がったカーロの足元には着地点があることを願わざるを得ない。そのような感情を引き起こすという点で、この物語は母親が欲望を持つことを罪であるとして退けず、そのような欲望を社会がどのように位置づけるべきかという議論そして答えが不在であることを描いているのだといえる。つまり、父権社会が女性に強いる理想的な母親像のもとに、存在しないものとして隠蔽する既婚女性の欲望が存在することを示しつつも、それが罰せられるような感情ではないことを描いているといえる。また、秩序の回復、着地点の不在によってかき立てられる不気味さは、女性の逸脱行為に（社会的）死ではない着地点を読者に望ませ、母親が抱く欲望に関して罪と罰という観点以外の可能性を示すことで、欲望にまつわる性差に基づくダブルスタンダードを解消する契機となりうるものである。また、カナディアン・ゴシックの特色の一つである個人および国家的なアイデンティティーに関する不安を、結末の不在や演劇という題材が含意する不在性の反復において不気味な物語として構築し、それを女性の欲望の社会的あり方についての社会批判と関連付けることで、従来からのロマンスに耽溺する女性の物語やゴシック小説の持つ保守的な側面を切り崩した、新しいゴシック小説の一つとして評価できるだろう。

引用文献

Carlile, Susan. ed. *Master of the Marketplace: British Woman Novelist of the 1750s*. Bethlehem: Lehigh UP, 2011.
Howells, Coral Ann. "Canadian Gothic." Spooner. 105-114.
小竹由美子「訳者あとがき」『ディア・ライフ』アリス・マンロー 新潮社 二〇一三年
Kvande, Marta. 'Reading Female Readers: *The Female Quixote and Female Quixotism*.' Carlile. 219-241.
Lavoie, Chantel. "Good Enough, Bad Enough, Animal, Monster: Mother in Alice Munro's *The Love of a Good Woman*." *Studies in Canadian Literature*, 2015 40. 2: 69-87.
Munro Alice. "Dear Life." London: Vintage, 2012.
——. "The Love of a Good Woman." London: Vintage, 1998.
Spooner, Catherine and Emma McEvoy Eds. *The Routledge Companion to Gothic*. London: Routledge, 2007.
鈴木美津子『ルソーを読む英国作家たち――「新エロイーズ」をめぐる思想の戦い』国書刊行会 二〇〇二年
Williams, Anne. *Art of Darkness: A Poetics of Gothic*. IL:U of Chicago P, 1995.

追補

ジョン・ミューアに対する女性の影響

真野　剛

一般的に一人称形式のノンフィクションを対象とした初期のエコクリティシズム研究は、ネイチャーライターと称される人々の作品を取り扱ってきた。その一人がジョン・ミューア（John Muir 1838-1914）である。生前の功績から「国立公園の父」と呼ばれたミューアは、一八七二年に世界初の国立公園として誕生したイエローストーン国立公園の指定及びそれに付随するイエローストーン公園法の制定に多大な影響を与えた人物の一人である。また、ミューアは、カリフォルニアのヨセミテ（Yosemite Valley）に移り住み、『カリフォルニアの山々』（*The Mountains of California* 1894）や『我らが国立公園』（*Our National Parks* 1901）などカリフォルニアの自然に関する記録を中心として、実体験を基に数々のノンフィクションの作品を世に送り出した。いわば身をもって自然への理解を深めた実践派の作家である。しかしながら、前述の国立公園制度の発足運動やヨセミテが地殻変動ではなく氷山によって形成されたことを突き止めた功績に対して、彼の残した作品は文学作品として十分に賞賛されたわけではなく、アメリカン・ルネッサンスの作家と比べるとその評価は著しく低い。だが、ネイチャー・ライティングの系譜を辿れば、ラルフ・

ウォルドー・エマソン（Ralph Waldo Emerson, 1803-82）やヘンリー・デーヴィッド・ソロー（Henry David Thoreau, 1817-62）などと同様に、自然文学の創世記を物語る人物の一人として名を連ね、エコクリティシズム研究において、重要な位置を占めている作家といえよう。アン・H・ツヴィンガー（Ann H. Zwinger）は、ミューアの立ち位置を同じくシエラ・ネヴァダで活躍した女流作家メアリー・オースティン（Mary Austin 1868-1934）と比較し、次のように述べている。

オースティンはナチュラリストとしての知名度がなかったことから、まず作家であった。彼女は児童期より、書くことが重要なことであると考えていた。・・・ミューアはまずナチュラリストであり、それから作家であった。これはヨセミテ渓谷の氷河形成や、当時通説であった地盤沈下によるシエラ・ネヴァダ形成への異論を始めとする彼の綿密な研究からも分かる。（xx-xxi）

大陸横断鉄道が開通し、人々が自然景観に魅了された十九世紀の終わり頃には、上述のオースティンに加えて、ウィスコンシン大学教授で土地倫理（Land Ethics）を提唱したアルド・レオポルド（Aldo Leopold 1887-1948）などの、自然に関心を寄せる作家がいた。また、二十世紀になると、海の世界や海洋生物の魅力を語ったレイチェル・カーソン（Rachel Carson 1907-64）、そしてパーク・レンジャーとしても活躍し、後に現代のソローと称されたエドワード・アビー（Edward Abby

1927-89）といった、自然に魅了された作家らが次々と現れるようになった。しかしながら、ミューアはソローと同様に、まだ大衆の関心が自然へと向けられていない十九世紀半ばに早くもウィルダネス研究に没頭し、自然保護の礎を築いた人物である。孤独な探検家としてのイメージが色濃く纏わりついている一方で、ミューアは政治的影響力を兼ね備えており、その交友関係は幅広いものであった。例えば、ミューアが尊敬してやまないエマソンが、一八七一年にヨセミテを訪れており、また、その数か月後には、ＭＩＴの学長ジョン・ランケル（John Daniel Runkle）に対してヨセミテ案内を行っている。ランケルとの出会いは、自身のヨセミテ渓谷の氷河形成理論を研究者に説明するよい機会となった。当時の学説では、地殻変動によってヨセミテは形成されたとするホイットニー（J. D. Whitney）の理論が一般的に知られていた。ところが、ミューアはヨセミテにおいて氷河の形跡を発見すると、ホイットニーの学説に真っ向から反対した。一八七一年十二月五日に「ヨセミテの氷河」（"Yosemite Glaciers"）と題して『ニューヨーク・トリビューン』（*The New York Tribune*）誌に掲載されたこの理論は、初めて公の場に出たミューアの学術的見解となった。ヨセミテの氷河に関する研究は、初期の形成の起因のみに留まらず、これ以降もミューアにとって大きな研究課題となった。一八九四年に出版した『カリフォルニアの山々』には、ミューアが残存する氷河やその痕跡を精査したことが記されている。

こうした発見をした後、私は夏が訪れるたびに探検を行い、ハイ・シエラの全域を調査して、そして、最初は遠方に広大な雪原と見えたものの大部分が実は氷河であって、かつての大氷河により輪郭を形作られた山頂の峰々の彫刻の仕上げに勤しんでいるのを知った。(25)

また、一九〇三年には、第二十六代アメリカ合衆国大統領のセオドア・ルーズヴェルト(Theodore Roosevelt)がヨセミテを訪れ、そのガイド役にミューアを指名した。ここで築かれた関係は、ヨセミテ渓谷をめぐる政治的論争を行う上で、後に非常に重要なものとなる。一九〇五年頃から、ヨセミテ国立公園の境界線縮小や公共政策の一環として、水源確保のためのダム建設の必要性が議論され始められるが、これをミューアは深く憂慮した。ヨセミテ渓谷と、後にダムとされてしまうヘッチヘッチ渓谷(Hetch Hetchy Valley)の行く末を考え、彼は一九〇八年四月二十一日にルーズベルトに嘆願書的な書簡を送っている(*The Life and Letters* 378-79)。

このように地位と名声を兼ね備えた著名人が、次々とヨセミテを訪れ、ミューアと親交を深めた事実は、ウィルダネスの在り方を考える上で、彼に先見の明があったことを裏付けるものであろう。ただし、そこには一つの疑問が生じる。つまり、ミューアの交友関係は、こうしたアメリカ国家の中枢に立つ白人男性のみに限られていたのか否かである。

ミューアの生涯を通じ、彼に最も影響を与えた人物の一人に、ジーン・カー(Jean Kerr)という名の婦人がいる。自然への本格的な関心を持つ前の二十二歳のミューアは、隣人のウィリアム・

ダンカン（William Duncan）からの情報により、マディソン（Madison）での農業展覧会に参加する。そこで発明品のコンテストに参加したのだが、その時に審査委員を務めていたのがジーン・カーであった。ジーン・カーは、この農業展覧会でミューアの才能をいち早く見抜いた。ミューアはその後ウィスコンシン大学（University of Wisconsin）へ進学することとなる。ボニー・ジョアンナ・ジゼル（Bonnie Johanna Gisel）は、ウィスコンシン大学において、ミューアの人生に大きな影響を与えた主要な人物として、次の人々との出会いを挙げている。古典の教授であり、ミューアに日常的な記録をとるように勧めたジェームス・バトラー教授、植物学への道を切り開くきっかけとなった学友のミルトン・グリスウォルド、そして大学時代に最も親しい関係であったジーン・カーとエズラ・カー夫妻である（Gisel 2）。ジーンの夫であったエズラ・カーは、ウィスコンシン大学の教授であり、ミューアは在学中に彼から地質学や自然科学などを学んだ。ジーンとは親友といえる間柄であり、ウィスコンシン大学在学中のみならず生涯にわたって、頻繁に書簡をやり取りした。彼女はミューアに多大な影響を与えた存在であった。ミューアはウィスコンシン大学において、自分を未知の世界へと導いてくれる化学、数学、物理学、ギリシャ語、ラテン語、そして植物学と地質学などを学んだ（Muir, The Story 228）が、本格的な学問への意欲は、少年時代に魅了された自然界へと絞られていくこととなる。

しかしながら、時同じくしてアメリカは大きな転換期を迎えつつあった。一八六一年四月十二日、サウスカロライナで起こったサムター要塞の戦いをきっかけに、合衆国軍と連合国軍との争いが本格的なものとなり、ついにはアメリカ建国史上唯一の内戦、南北戦争が勃発する。学生生活を送るミューアにとってもこれは他人事ではなく、学内の敷地は軍の駐屯地となり、学生たちも軍事訓練に参加するようになり、結局、大学を辞めることを決意する。『私の青少年時代の物語』(*The Story of My Boyhood and Youth*) の最後では、卒業後半世紀ほど経って大学を去った当時のことを思い返しながら、もう少し大学に在籍していればよかったと語りつつも、新たな道へ進んだことを次のように述べる。

いずれにせよ、私は喜ばしい植物と地質を研究する旅に出た。その旅は五十年にもなるが続いており、まだなおも終わっておらず、常に幸せと自由を噛みしめつつ、貧しくもあり豊かでもある。学位や名声に捉われることなく、終わりのない活気あふれる神々しい美に駆り立てられるのである。(228)

およそ四年近く学んだウィスコンシン大学を去ったミューアは、一時はミシガン州アナーバーの学校で医師を目指そうとも考えたようだが、結局、弟ディヴィッドのいるカナダへと旅立つ。カナダへの旅が徴兵制の忌避であったのか否かは記録に残されていないが、政治活動に無頓着であり、戦争に対しても反対であったことから、少なからずそうした理由を含んでいたと考えるのが適切であろう。カナダに着いた後は、弟の働いていたトラウト氏の製材工場で労働を始めるのだが、工場が火災にあったことから再びアメリカに戻り、インディアナポリスでの仕事に従事した後、インディアナポリスから南米を目指した一〇〇〇マイルの徒歩旅行の後、ヨセミテへと辿り着く。実は、南米を目指した旅はフロリダで患ったマラリアが原因で断念することになり、キューバからニューヨークに向かい、さらにカリフォルニアのヨセミテへと向かうのだが、その過程で常に彼を支え続けていたのは、ジーン・カーとの書簡であった。さらにエズラ・カーのカリフォルニア大学への転勤もあり、東部の地においても再び緊密な関係を保つことになる。上述した著名人たちとの邂逅にもジーン・カーの存在が大きく関係しており、結果として、中西部でミューアを科学・物理学へと誘った彼女の支援が、今度は東部において自然科学へと誘う支援へとシフトした形となった。これはあたかもジーン・カーという一人の女性によって間接的に導かれた、一連の自然への筋道とも見ることができる。

このように、従来の研究ではマスキュリンなイメージで語られることの多いミューアであるが、その生涯と共に思想の発展において、ジーン・カーという女性の存在が大きな影響を与えていたことは忘れてはならないだろう。

引用文献

Gisel, Bonnie Johanna. ed. *Kindred and Related Spirits: The Letters of John Muir and Jeanne C. Carr.* Salt Lake City: U of Utah

P, 2001.

Muir, John. *The Life and Letters of John Muir*. Ed. William Frederic Bade. Boston: Houghton Mifflin, 1924.

——. *The Mountains of California*. 1894. New York: Penguin, 1997.

——. *The Story of My Boyhood and Youth*. 1913. Madison: U of Wisconsin P, 1930.

Zwinger, Ann H. Introduction. Mary Austin and John Muir: *Writing the Western Landscape*. Boston: Beacon, 1994.

おわりに

本書は十九世紀以降現代にいたる英語圏文学を、「女性」というキーワードで読むことをテーマにした論集である。松山大学は比較的文学研究をする教員が多く恵まれた環境にあるが、それぞれ異なる学部に配属されているため普段は文学について語り合うような機会はほとんどない。そのため、研究会を立ち上げて文学に関して情報交換する場を設け、それぞれの分野についての研究報告を定期的に発表しようと話し合った。成果を発表することを踏まえて、松山大学の言語・情報センタープロジェクトという制度を利用し、二〇一四年度から三年間にわたる研究とその成果を出版するための助成を受けることにした。研究代表者である新井は松山大学法学部に所属しており、ジェイン・オースティンを中心に研究している。研究会発足時には松山大学経営学部所属であった真野は、二十世紀初頭のアメリカ文学を研究しており、松山大学経営学部所属の細川はイギリス・ロマン主義時代における小説を主に研究している。学外からも研究者を招きさらに知見を広げたいと考え、細川の大学の先輩にあたる中京大学の森にも研究会に参加してもらった。森はフォークナーを中心に二十世紀のアメリカ文学を研究している。三年間にわたり松山と名古屋において研究会を開催し、小説を書くことと女性性、小説において表象される女性などといった、「女性」という視点から小説を読み解く試みを重ねてきた。

研究会を発足させて一年が過ぎたころ、真野が海上保安大学校へ移動するというハプニングがあったが、何とか研究会を継続することができた。真野の新しい勤務先である海上保安大学校は、松山大学から瀬戸内海を挟んで北側にあり、真野は移動後もフェリーで研究会のために何度も松山大学まで足を運んでくれた。出張のための事務手続きが煩雑であったという事情にもかかわらず、真野が参加し続けてくれたからこそ研究会を継続できたといえる。海上保安大学校は文部科学省のもとにある一般の大学とは異なる点が多く、そのような話を聞くことも真野の研究と同様に興味深く、大いに勉強になった。海上保安大学校がある呉で研究会を開催しようと試みたこともあったが、様々な事情により実現できなかったことは大変残念であった。

また、中京大学の森が研究会に参加してくれたことにより、本研究会は一層充実したものになったといえる。研究会における各自の発表に対して、森は常に最新の情報や有意義なコメントを提供してくれた。専攻分野であるアメリカ文学に関する知識に加えて、歴史や理論といった幅広い知見に基づく意見を得ることができたことは、この成果を発表にするにあたり大いに役立つものであった。さらに、多忙の中、松山大学まで空路はるばる研究会に参加してくれたのみならず、中京大学において研究会を開催させてくれたことは、地方にある大学の研究者にとっては大きな喜びであった。中京大学の所蔵資料を閲覧できるという利点に留まらず、中京大学周辺の大学においても、研究会に合わせて資料収集ができたことは大きな研究推進上の助けとなった。手に取って雑誌の目次をチェックすることは、ネットによる検索で見落としていた有益な論文を見つけることのできる素晴らしい機会であった。

新井はその誠実な人格のため学内での信頼も厚く、この三年間のうちに重要かつ多忙な職務に関わるようになった。それにも関わらず、研究会のために時間を割き議論に加わることは、非常に難しいことであったと思う。三実主義を掲げ実用を重んじる大学にあって、実用的な激務に追われながらも、実用とは対極にあるもののように思えるこの研究会に参加する労力を惜しまなかったことは、彼の文学に捧げる情熱を示しているといえるだろう。

三年に渡った研究会は、各自の研究を充実させこのように一つの成果にたどりついたのみならず、それぞれ所属する大学の置かれた状況や、英語教育の在り方などについて意見を交換し合うことで、互いに切磋琢磨し人間的な繋がりが深まったという点においても、素晴らしいものであったといえる。研究会はいつも和やかで楽しいものであった。このあとがきを書くにあたり振り返ってみると、私は他の三人ほどには変化していない三年間であったと思い、反省している。

最後に、この本が完成するまでにお世話になった多くの方々にお礼を述べたいと思う。まず、本研究に助成を与えてくださった当時の松山大学村上宏之学長に感謝したい。併せて、研究成果の出版に関する助成を与えてくださった松山大学溝上達也学長にも感謝したい。作業の遅れなどで当初の出版予定から大きく遅れることになったにもかかわらず、寛大な対応で援助を続けてくださった同大学総合研究所の方々にも感謝する。また、論集の出版を快く引き受けてくださった大阪教育図書株式会社の横山哲彌氏には心よりお礼を申し上げたい。

以上のように、ほぼ四年間の時間をかけて出版にたどりついた訳だが、我々の気付かなかった間違いや異なる見解が存在する可能性は十分にある。その点については、読者のみなさんからのご意見を待ちたい。

二〇一八（平成三〇）年二月　吉日

研究会を代表して　細川　美苗

執筆者紹介

新井　英夫（あらい　ひでお）
日本大学文理学部英文学科卒業。同大学大学院文学研究科英文学専攻博士後期課程単位取得満期退学。現在、松山大学法学部教授。専門はイギリス小説。著書に『ザルツブルグの小枝』（共著、大阪教育図書、二〇〇七年）、『英語・英米文学のフォームとエッセンス』（共著、大阪教育図書、二〇〇九年）、『越境する英米文学』（共著、音羽書房鶴見書店、二〇一四年）、『イギリス文学の悦び』（共著、大阪教区図書、二〇一四年）ほか。

森　有礼（もり　ありのり）
名古屋大学文学部文学科（英文学専攻）卒業。同大学大学院文学研究科博士後期課程（英文学専攻）中途退学。名古屋大学助手、宇都宮大学講師を経て、現在、中京大学国際英語学部教授。著書に『語り明かすアメリカ古典文学12』（共著、南雲堂、二〇〇七年）、『越境する英米文学』（共著、音羽書房鶴見書店、二〇一四年）、『路と異界の英語圏文学』（共編著、大阪教育図書、二〇一八年）ほか。

● **細川　美苗**（ほそかわ　みなえ）
都留文科大学文学部英文学科卒業。名古屋大学大学院文学研究科博士前期課程修了。イギリス・マンチェスター大学大学院アメリカ・イギリス研究専攻ＭＡ。名古屋大学大学院国際開発研究科博士後期課程満期退学。現在、松山大学経営学部准教授。著書に『長い十八世紀の女性作家たち』（共著、英宝社、二〇〇九年）、『路と異界の英語圏文学』（共著、大阪教育図書、二〇一八年）、訳書に『感情の人』（共訳、音羽書房鶴見書店、二〇〇八年）ほか。

● **真野　剛**（まの　ごう）
大谷大学文学部国際文化学科卒業。同大学大学院文学研究科国際文化専攻修士課程修了。広島大学大学院文学研究科言語表層文化学分野博士後期課程単位取得満期退学。現在、海上保安大学校准教授。著書に『カウンターナラティヴから語るアメリカ文学』（共著、音羽書房鶴見書店、二〇一二年）、『エコクリティシズムの波を超えて』（共著、音羽書房鶴見書店、二〇一七年）ほか。

こ　ゴデン、リチャード（Godden, Richard）47, 48, 49, 50, 69, 71, 81, 82
「子供たちは渡さない」（*The Children Stay*）92, 114, 115

し　自営農民（yeomanry）9
ジジェク、スラヴォイ（Žižek, Slavoj）85, 86
「砂利」（'Gravel'）89, 90, 91, 93, 97, 112, 114, 115, 116, 117
女性と読書（women's reading）96
『新エロイーズ』（*Julie ou La Nouvelle Heloise*）97, 119
人種混淆（miscegenation）50, 73, 76, 77, 82, 84
信頼できる語り手（reliable narrator）4

ぜ　全知の語り手（omniscient narator）2

そ　ソロー、ヘンリー・デーヴィッド（Thoreau, Henry David ）122, 123

た　大義　→　失われた大義

つ　ツヴィンガー、アン・H（Zwinger, Ann H.）122

て　『ディア・ライフ』（*Dear Life*）89, 116

と　『ドン・キホーテ』（*Don Quixote*）96

な　南部の精神（the Southern Spirit）64, 67, 74

に　「日本へ届く」（'To Reach Japan'）

の　『ノーサンガー・アビー』（*Northanger Abbey*）4

は　母と娘（mother-daughter relationship）112
ハンソン、エリザベス（Hanson, Elizabeth I.）43

ひ　『響きと怒り』（*The Sound and the Fury*）81

索　引

あ　アビー、エドワード（Abby, Edward）122
『アブサロム、アブサロム！』（*Absalom, Absalom!*）43, 44, 45, 51, 52, 60, 73, 75, 76, 81, 86

い　『イタリアの惨劇』（*The Italian*）90

う　ウィリアムソン、ジョエル（Williamson, Joel）82, 83
ウォーレン、ロバート・ペン（Warren, Robert Penn ）46
失われた大義（The Lost Cause）44, 45, 47, 52, 74

え　『エマ』（*Emma*）2, 3, 4, 6, 17, 21, 22, 36, 37, 39, 40, 41
エマソン、ラルフ・ウォルドー（Emerson, Ralph Waldo ）121

お　オースティン、ジェイン（Austen, Jane）1, 3, 4, 5, 17, 36
オースティン、カサンドラ（Austen, Cassandra Elizabeth）1, 2
オースティン、メアリー（Austin, Mary）122
『女キホーテ、またはアラベラの冒険』（*Female Quixoht; or, The Adventures of Arabella*）96

か　カー、ジーン（Kerr, Jean）124, 125, 127
カーソン、レイチェル（Carson, Rachel ）122
『風と共に去りぬ』（*Gone with the Wind*）43, 44, 45, 51, 52, 54, 65, 67, 69, 71, 72, 75, 78, 81, 86
『カリフォルニアの山々』（*The Mountains of California*）121, 123
含意された作者（implied author）4
感傷小説（sentimental Novel）96, 97

き　キャッシュ、W. J.（Cash, W. J.）45, 46, 47

け　限嗣相続制度（entail）17, 38, 39

こ　『高慢と偏見』（*Pride and Prejudice*）1, 3, 14, 16, 17
ゴシック小説（gothic novel）90, 91, 118, 119

「女性」で読む英米小説
　　——風習喜劇からモダン・ゴシックまで——

2018年3月10日　初版 第1刷
著　者　新井 英夫　森 有礼　細川 美苗　真野 剛
発行者　横山 哲彌
印刷所　西濃印刷株式会社

発行所　大阪教育図書株式会社
〒530-0055 大阪市北区野崎町 1-25
TEL 06-6361-5936　FAX 06-6361-5819
振　替　00940-1-115500

落丁・乱丁本はお取り替え致します。　ISBN978-4-271-21054-2 C3098